◎周健 编著

山東文藝出版社

图书在版编目（CIP）数据

而立益生30载／周健编著. —济南：山东文艺出版社，2022.6（2024.1重印）
ISBN 978-7-5329-6321-8

Ⅰ.①而… Ⅱ.①周… Ⅲ.①纪实文学—中国—当代 Ⅳ.①I25

中国版本图书馆CIP数据核字（2021）第025956号

而立益生30载

ERLI YISHENG 30 ZAI

周健 编著

主管单位 山东出版传媒股份有限公司
出版发行 山东文艺出版社
社　　址 山东省济南市英雄山路189号
邮　　编 250002
网　　址 www.sdwypress.com

读者服务 0531-82098776（总编室）
0531-82098775（市场营销部）
电子邮箱 sdwy@sdpress.com.cn

印　　刷 盛大（天津）印刷有限公司
开　　本 710毫米×1000毫米 1/16
印　　张 11
字　　数 126千
版　　次 2022年6月第1版
印　　次 2024年1月第2次印刷
书　　号 ISBN 978-7-5329-6321-8
定　　价 58.00元

序　言

“益天下黎民，生万物种源”，是益生三十年来兴业利民的真实写照，也是益生未来不懈的追求。

种子要好，基础牢靠；种子不好，一了百了。以高代次畜禽供应为核心竞争力的益生为助力行业发展起着至关重要的作用，并肩负着引领产业健康发展的重任。

益生主要引进、繁育世界优质畜禽良种，向社会推广种鸡、种猪及商品肉雏鸡。益生从当初一个名不见经传的小养殖场，依靠科技、开拓进取，不断发展成为农业产业化国家重点龙头企业，并于2010年成功登陆资本市场，为公司高质量腾飞奠定了基础，也为行业发展树立了典范。

回顾益生股份三十年的发展历程，大体可分为三个时期：

第一个发展时期（1989年—1999年）：顺势而为，改制借力，完成原始积累的艰苦创业期。

1989年，为扩大肉鸡出口，烟台外贸食品公司在无人、无钱、无场房、无市场的情况下，建立一处烟台外贸种禽公司，拟从美国引进

4000套祖代肉种鸡进行饲养，以满足烟台地区肉鸡养殖基地的种源供应。时处而立之年的我，被公司指派带领孙忠才等人，凭靠一个“借”字（借养殖设备、借运输车辆、借饲养员、借伙房筹建资金等），开始了艰苦创业的新征程。

初始，我们以顽强的拼搏精神，不分昼夜地完成了筹建工作和正常的生产经营，通过聘、招相结合的方式，聘请莱阳农学院王宝维教授、王正凡老先生为技术顾问，并几经周折，把迟汉东总裁从夹河鸡场招聘到公司来。以此为引领，完成了副董事长耿培梁、副总裁曲立新和巩新民、已退休的李自友、曾宪辉等大学生和生产经营管理者的招聘工作，壮大了公司的技术和管理团队。

1997年公司为适应现代化企业的发展需求，顺势而为，在外贸系统和行业内率先进行国有体制的彻底改革，实现了全体员工持股，改名为烟台益生种禽有限公司，极大地激发了全体员工的工作积极性，发挥了民营企业无限的生命力和创造力，十年内益生股份的生产规模增加了6.3倍，销售额和总资产增加了11倍，利润增加了435倍。

第二个发展时期（1999年—2009年）：逆势而上，高投入、高产出、多元化发展的成长期。

2003年非典、2004年至2006年的禽流感，给家禽业造成巨大损失，铺天盖地的负面报道造成全国上下恐惧禽类、谈鸡色变，行业出现了罕见的低迷市场。

在行业人士普遍不看好肉鸡行业，纷纷减量甚至停产的情况下，益生高管层基于对行业、对益生、对团队的高度信心，对市场进行科学预判，做出逆市而上的重要决策。益生股份进口祖代鸡的数量由非典前的8.3万套，增加到2006年的13.8万套，增幅达66%，进口量全国第一。天道酬勤，机会总是偏爱有准备的人，2006年6月30日一夜之间，肉鸡行业整体价格峰回路转，一路飙升，此大好行情一直持续了六年之久，逆势而上的乾坤之举，不仅使益生股份祖代种鸡的规模一直雄踞全国第一乃至亚洲之首，更为益生公司登陆资本市场奠定了规模基础。

益生股份在完成原始积累和低成本扩张的基础上，开始持续不断地加大对各场区基本建设、硬件设备、ISO 体系及绩效运营软件系统的投入力度，通过硬、软件的高投入，实现了高产出，最大限度地降低了人为主观因素对产品质量和产量的不利影响，为益生股份的健康、稳定和持续发展打下了必备的基础。

与此同时，公司开始扩大业务范围，相继成立了双肌臀原种猪场、荷斯坦奶牛繁育中心、益生畜牧兽医科学研究院等子分公司，以增加公司的专业水平和抵御风险的能力。

通过逆势而上、高投入、高产出和多元化发展的战略，十年来，益生股份祖代肉种鸡规模增加了 9.3 倍、销售额增加了 12.6 倍，总资产增加了 18 倍，利润增加了 102 倍。

第三个发展时期（2009 年—2019 年）：聚焦主业、资本运作、高质量发展的腾飞期。

持续六年之久的市场好行情，刺激国内祖代种鸡引种量持续攀高，引种量阶段性过剩，叠加速成鸡和 H7N9 事件及高科技鸡产品被社会部分谣言高度扭曲，社会消费量断崖式巨减，整个产业链供过于求，肉鸡行业出现了较非典和禽流感时期更为严重的亏损。行业低迷时间之长，受损程度之大，消费者恐惧心理之高，堪称灭顶之灾。在此情况下，益生股份不惧不怕，反而将此事件当成了千载难逢的重大机遇，依然稳扎稳打、步步为营地狠抓质量、稳增数量，披荆斩棘，一路前行。

2010 年 8 月 10 日，公司在深交所成功上市，借此东风，公司在江苏建立了 90 万套父母代种鸡场，吹响了益生股份向父母代肉种鸡进军的冲锋号，之后通过租赁、收购及新建相结合的方式，先后在黑龙江、江苏、安徽、河北、山东等地成立子、分公司，不断扩大肉鸡产业。为聚焦主业，公司相继砍掉了 SPF 蛋业务和经营了长达 27 年之久的祖代蛋鸡产业，集中精力来发展肉鸡和种猪产业。

自 2010 年益生股份上市十年来，共募集资金 12.4 亿元（含 IPO 募资），公司借着资本市场的东风，持续扩大生产规模，在激烈的市场竞争中实现了跨越式发展，父母代种鸡饲养规模较上市之初增长了 14 倍，净资产较上市之初增长了 13 倍，市值增加了 3 倍，累计转增股数 8.1 亿股，累计现金分红 9.9 亿元，为股东带来丰厚的收益。

历经三十年的发展，益生股份从国有到民企，从民营到上市，从完成原始积累的创业期，到多元化发展的成长期和高质量发展的腾飞期，实现了多次跨越式发展。截至 2019 年底，公司祖代肉种鸡规模多达 40 万套，父母代种鸡规模从零增至 400 多万套，2019 年益生股份的净利润达 21.8 亿元，创历史新高，成为全国上市公司中净资产收益率最高的公司。

三十年，只是悠悠岁月中一个短短的瞬间，滚滚波涛中一朵小小的浪花。但对益生的创业者来说，它代表着一段激情燃烧的岁月，一段刻骨铭心的记忆，一个风云激荡的时代！

益生，创业至今，走过了整整三十年。从一个破壳而出的弱小企业，蹒跚而行，一路向上，羽翼渐丰，终于站上了行业之巅！

而立益生三十载，不仅是回眸凝望过去的三十年，更是洗去征尘再出发的集结号。益生将继续以“益天下黎民，生万物种源”的博大胸怀和“无我做人，用心做事”的作风，以质求生，以高代次种鸡和种猪的供应形成公司的双轮驱动，为中国畜牧种源的发展贡献力量。

目　录

第一章　艰苦创业

第二章　上市为什么

第三章　跨越发展

第四章 益生“宝典”

第五章 本色曹积生

第一章 艰苦创业

丰饶大地

在中国的版图上，山东自古就是一个让人感到厚重、踏实的地方。

按照地理方位，山东地处中国东部、黄河下游，位于北半球中纬度地带，陆地总面积15.67万平方公里，东临海洋，西接大陆。水平地形分为半岛和内陆两部分，东部的山东半岛突出于黄海、渤海之间，隔渤海海峡与辽东半岛遥遥相对。

气候上，山东属暖温带季风气候类型，降水集中，雨热同季，春秋短暂，冬夏较长，很适合农业发展和人类居住。所以，很多年来，人们对山东的评价都是，美丽富饶，风景优美，气候宜人，物产丰富……

人文方面，山东更是令人称羡神往。山东素有“齐鲁之邦，礼仪之乡”之称，教科书中常说的齐鲁文化，就是先秦时期齐鲁两国形成和发展的一种地域文化。齐鲁文化中最核心的当属儒家文化，著名的“三孔”文化景观，即孔庙、孔府、孔林，就位于曲阜。

当然，山东还有值得大书特书的，就是“物产丰富”。《史记·货殖列传》记载：“山东多鱼、盐、漆、丝、声色……”秦汉时期即已成为全国经济重心，商业活动频繁。

山东是全国粮食作物和经济作物重点产区，素有“粮棉油之库，水果水产之乡”美誉，小麦、玉米、地瓜、大豆、谷子、高粱、棉花、花生等产量都很大，在全国占有重要地位。经济作物中，全国知名的烟台苹果、莱阳梨、肥城桃、乐陵金丝小枣、枣庄石榴、大泽山葡萄以及章丘大葱、莱芜生姜、潍坊萝卜等，都是山东主要特产。其海洋资源也得天独厚，近海海域占渤海和黄海总面积的37%，滩涂面积占全国的15%；近海栖息和洄游的鱼虾类达260种，主要经济鱼类有40余种，浅海贝类百种以上。其中，对虾、扇贝、鲍鱼、刺参、海胆等海珍品的产量均居全国首位。

山东人用这样一首“顺口溜”来概括家乡的“特产”：

齐鲁大地好风光，
一山一水一圣人，
东傍日韩北靠京，
黄河入口数东营，
帆船之都看青岛，
葡萄酒之乡烟台，
风筝之都属潍坊，
物流名城在临沂，

人居城市属威海，
陶瓷之都是淄博，
江北水城看聊城，
太阳能之都德州，
新港之秀看日照.
钢城之都属莱芜，
牡丹之都是菏泽，
五岳独尊赞泰山，
七十二泉在济南，
孔子之乡在曲阜，
蔬菜之乡在寿光，
肥桃之都属肥城，
莱阳美梨誉天下，
乐陵小枣美名扬，
地下峡谷在沂水，
建筑之乡属桓台，
大蒜之乡在苍山。

物华天宝，人杰地灵，这大概是山东最值得外人称道的地方。也正因为有此基础条件，近现代特别是改革开放以来，山东在工农业生产和文化发展等方面，产生了众多奇迹，一些地区从中脱颖而出，书写了波澜壮阔、气壮山河的传奇故事。

比如烟台。

临海绽放

说起烟台，人们的第一印象就是这里是中国首批 14 个沿海开放城市之一，生产苹果、葡萄和葡萄酒，到处都是美丽迷人的滨海风光。

的确，烟台作为山东省地级市、山东半岛的中心城市之一，是环渤海经济圈内重要节点城市、山东半岛蓝色经济区的骨干城市。它地处山东半岛东北部，东连威海，西接潍坊、青岛，南邻黄海，北濒渤海，与辽东半岛对峙，与大连隔海相望，全市土地面积 13864.5 平方公里，海岸线长 702.5 公里，濒临渤海、黄海，有岛屿 63 个。下辖芝罘区、福山区、牟平区、莱山区、蓬莱区、高新区、开发区 7 个区，龙口、莱阳、莱州、招远、栖霞、海阳 6 个县级市及长岛综合试验区，现有常住人口 712.18 万人。

烟台古称之罘，后称芝罘。其现在的名称，来历据称有二：一是古时的烽火台。明洪武初年，为了防备倭寇犯境，胶东半岛北部设置“奇山防御千户所”，依山势建筑城堡。二是源于烟台山。明洪武三十一年（1398），为防倭寇侵扰，当地军民于临海北山上设狼烟墩台，也称“烽火台”。发现敌情后，昼则升烟，夜则举火，为报警信号，故简称“烟台”。无论哪种说法，都表明了烟台在古代军事史上占有的重要地位。

烟台是中国最早开埠的沿海城市之一，标志着中国以陆地为传统的农业国家向世界开放。到了近代，借地利之便，烟台成为中国近代工业发祥地之一。

烟台美，山美、海美、景美、人更美；烟台强，历史悠久、文化深厚、开放最早、工业富强，它像一颗璀璨的明珠，镶嵌在富饶的山东半岛。

曾任登州太守的宋朝大文学家苏轼曾有一首题为《登州海市》的诗："东方云海空复空，群仙出没空明中。荡摇浮世生万象，岂有贝阙藏珠宫？心知所见皆幻影，敢以耳目烦神工。岁寒水冷天地闭，为我起蛰鞭鱼龙。重楼翠阜出霜晓，异事惊倒百岁翁。"其中"异事惊倒百岁翁"一句，是极力称赞烟台景色的大美。

一般而言，住在海边的人，他们最引以为傲的，往往是海景之美。但对烟台人来说，却不是这样，烟台地形为低山丘陵区，山丘起伏和缓，沟壑纵横交错。这就汇水成河。烟台市域内中小河流众多，长度在 5 公里以上河流有 120 多条。所以烟台人记忆深处最为留恋的，是这里河流的多、河流的柔、河流的潺潺、河流的湍湍，它们像网一样，缠绕起每一个烟台人的童年。

在所有这些河中，有一条名叫"夹河"的大河。它由高疃南村入福山境，流经整个福山，下游转北，在福山城北 2 公里处与大沽夹河汇合，直到开发区入海口。全长 65 公里，常年河流淙淙，透明见底。河东芝罘区，河西福山区，夹河之水哺育着两岸世代的劳动人民。夹河水温顺平静，和蔼慈祥。远处有青的山，近处有绿的水，水中有曼舞的鱼群，大有毛泽东词句"鱼翔浅底，万类霜天竞自由"的意境。

夹河之水不仅造就了秀美的风光，也孕育了丰饶的物产。北方第一只春果——大樱桃，以及烟台苹果的代表——青红香蕉、小国光、红金丝、金帅等著名果品，都诞生于此。美味传遍华夏，也走出国门，把福山、芝罘的美名传扬出去。

有水的地方，就适合人的生长。夹河孕育了世代优秀的福山儿女：仅明清两代就出了 75 名进士、200 多名举人，史上曾有一榜三翰林的科举佳话；更有像铁头御史郭宗皋，才女王照圆，文学家谢乃实，甲骨文之父王懿荣，书法家胡铁生、权希军、邹德忠，著名表演艺术家唐国强，奥运冠军唐功红，飞天神女宇航员王亚平，全国最美检察官王家强等等，不胜枚举；在全国现代书法家协会中，福山籍的理事就有四五人，实属罕见。在夹河水的滋润下，一代又一代烟台儿女健康茁壮地成长。

当然，在夹河孕育的所有优秀儿女中，也包含着本书要写的这位主人公和他所率领的那支经营管理团队。这位主人公的名字就是曹积生，他所创立的那家企业叫益生股份——这家企业，从创立到现在，一直没有离开过夹河的臂弯。

夹河，是益生人的根，是他们生命的源泉。

河畔鸡鸣

今日的烟台，人们常说的特产，有水果中的苹果、大樱桃、莱阳梨，海鲜中的海参、螃蟹、大虾，以及黄金、葡萄酒……所谓“烟台苹果莱阳梨，张裕红酒白羽鸡”，当真是数不胜数。然而，其中一个在全国响当当的大品牌却容易被人们忽略，那就是烟台白羽肉鸡。

从地图上看，烟台市犹如伸向黄海渤海的一个鸡冠。恰恰就是在这个“鸡冠地带”，形成了我国白羽肉鸡重要产业基地，并成为一个显著的地理标志性品牌。

具体而言，烟台白羽肉鸡以一批重量级白羽肉鸡养殖加工企业为支撑，“开产业之路，领产业方向，执产业牛耳，聚产业精华”。目前，全国白羽肉鸡上市企业共有4家，烟台占了3家。其中益生股份祖代种鸡占全国三分之一。

所以，业内公认的是，山东是一个畜牧大省，是一个名副其实的肉鸡强省。“全国畜牧看山东，山东畜牧看胶东，胶东畜牧看烟台”，这个事实说明，烟台的畜牧业不仅大，而且强。从烟台等地燃起的“星星之火”，逐步形成“燎原全国”之势，并以高起点、高效率的优势，成长为农牧业领域产业化程度最高的产业。

为什么会形成这种独特现象？烟台白羽肉鸡缘何会执全国肉鸡产业之牛耳？益生股份究竟拥有一个什么样的“生态圈”？

首先在于这里独特的自然养殖环境。如前所述，风景秀丽的胶东半岛，宜居环保的魅力城市烟台，具有优良的地理与气候环境。烟台四季分明，年降水量760毫升，雨水适中，光照充足，空气通畅，靠海而不潮，南山北海，海岸线长达60千米，对外来畜禽传染疾病形成了一道天然的屏障。另外，烟台属于温带季风气候，因为近海又有一定的海洋性，年平均气温13℃。夏无酷暑，冬无严寒。南风和偏南风又给低山丘陵地势的烟台带来了极好的通风条件，所以非常适合畜禽特别是肉食鸡的生长、发育；加上农业主产业为林果业，林木覆盖率达到38.6%，可以有效地降低养殖业产生的异味，并消纳大部分畜禽粪便，具备发展循环农业的基础条件。

这样的气候环境，不仅使烟台的农耕文明源远流长，畜禽良种繁育与养殖，如五龙鹅、烟台黑猪、牙山黑绒山羊等传统养殖品种也经久不衰。

从 1998 年始，农业部正式启动无规定动物疫病区建设，烟台市及下属 12 个县市区先后被国家列入无规定动物疫病区和胶东半岛无规定动物疫病区示范区。因为胶东半岛三面环海，位于陆路交通的末端，具有天然的自然屏障，不易被外来物种感染疾病。“严进宽出”的措施，将禽流感、新城疫等拒之门外，至今烟台市已连续十多年未发生高致病性禽流感疫情，国家、省、市三级质检机构对肉鸡产品的抽检，连续多年合格率保持在 98% 以上。

这对包括肉鸡养殖在内的畜牧企业来说，像是中了头彩，它们很快就铺开了一条绿色发展通道，与国际接轨的速度明显加快。

有“地利”，又有政策推动与市场拉动的“天时”，还有政府、企业、养殖户共同发力的“人和”。任长良曾任烟台市畜牧兽医局局长，他介绍说：“经过政府、企业、养殖户的共同发力，目前烟台市白羽肉鸡产业进入规模数量持续大增、不断调整升级的发展时期，现在全市拥有三家肉鸡业上市公司，占全国总数的 75%。年出栏白羽肉鸡 2.3 亿只，规模数量和科技含量处于全国龙头地位。”

按常理，养殖企业没有税收贡献，地方政府不应该有太高积极性；但是烟台市历届党委政府都很支持这个产业。为什么支持？认识到肉鸡养殖“节地节粮又环保”，其实是朝阳产业、富民产业、健康产业，而且从整体上带动现代农业发展。

“有形的手”所发挥的强力推动作用，除了发文件、定政策、提倡议、做动员外，还体现在强化扶持，规范企业发展。多年来，各级政府部门相继投入政策扶持资金 2 亿多元，带动社会各界投资 60 亿元，用于肉鸡标准化、规模化养殖。进入 21 世纪以来，烟台白羽肉鸡产业进入规模数量持续大增、不断调整升级的发展时期。

后来，曹积生经常感叹，胶东革命老区，百姓最听政府的话，政府提倡的事情他们会积极响应。老百姓的养殖热情高，促进了企业做大。“烟台市畜牧业十三五发展规划”提出，围绕打造全国重要的畜禽良种繁育基地和优质畜产品加工基地的重要目标，实施重点突破。着眼占领肉鸡产业发展高地，进一步加快培树现代肉鸡产品加工龙头企业集群。

在这样一种格局中，益生股份始终以技术创新为原动力，凭借与国外知名家禽育种公司的密切合作优势，通过引进、繁育、推广世界顶级良种，随时掌握行业最前沿、最成熟的技术，并将其固化、复制。2018 年公司祖代肉种鸡和祖代蛋种鸡在国内市场的占有率，分别达 34% 和 40%，父母代肉种鸡饲养量位居全国前三名。以自身三十年的可贵探索，益生股份被公认为是这个行业中的佼佼者。

益生是谁?

益生是谁？在中国养殖界、资本界，这家企业可谓无人不知，无人不晓。它的全称是山东益生种畜禽股份有限公司（简称“益生股份”），始建于 1989 年，总部位于山东省烟台市，其前身为烟台外贸种禽公司，隶属烟台食品进出口公司。三十年的春华秋实，它凭借“以质求生”的经营理念和“诚信益生，良种益生”的承诺，创下了众多熠熠生辉的业绩。

这家公司有着辉煌的发展历程：

1990 年，公司正式投产，从美国引进 AA+ 祖代肉种鸡，当时引种量仅为 4000 套。

1992 年，公司不断调整引种品种，开始引进美国海兰褐祖代蛋种鸡品种。

1997 年是公司发展史上非常重要的一年，具有里程碑的意义。这一年，面对举步维艰、濒临倒闭的烟台外贸种禽公司，老板曹积生带领其他 33 名自然人以现金出资的方式将原公司改制为烟台益生种禽有限公司，注册资本 147.5 万元。

从 1998 年开始，公司领导抓住市场契机，低成本运作、租赁鸡舍、改造设备、扩大祖代肉种鸡进口量，到 2000 年公司祖代肉种鸡进口量已达 4.5 万套，一跃成为全国第二大进口商。

2000 年，为增加企业抵御风险的能力，益生公司实行行业多元化经营，成立了益生双肌臀原种猪场，开始从加拿大引进双肌臀原种猪。原种猪场是全国猪联合育种协作组成员单位和国家生猪核心育种场遴选单位。

2001 年，山东荷斯坦奶牛繁育中心有限公司成立。山东荷斯坦奶牛繁育中心是农业部定点良种奶牛示范场，是全省以全进口优质高产奶牛为核心群的奶牛场，中心优质奶牛核心群全部从美国、澳大利亚、新西兰进口。

2003 年，公司先后成立两家子公司——山东益生堂药业有限公司与山东鲁南种猪繁育有限公司。

益生堂药业是集动物药品、保健品、生物制品等的研制、开发、生产和销售为一体的现代企业。

山东鲁南种猪繁育有限公司已成为国内双肌臀祖代猪养殖经营公司，被商务部确定为中央储备肉活畜储备基地场，获得全国养猪行业百强企业、枣庄市劳动关系和谐企业等称号。因为公司发展综合布局，于 2019 年改建为鲁南种鸡场。

2004 年，公司成立山东益生畜禽疾病研究院，并聘请国际知名禽病学专家崔治中教授担任院长。疾病研究院开展临床兽医学和预防兽医学相关课题研究，以及畜禽疾病的临床诊断、血清学调查、免疫学研究等，为公司各场区提供诊断、治疗服务，同时为客户提供免费的诊断服务。

2005 年 11 月 3 日，公司再添新兵——烟台益生源乳业有限公司。

益生源乳业加工采用的原奶，来源于子公司——荷斯坦奶牛繁育中心，随着消费者健康观念的不断提高，特别是“三聚氰胺”事件过后，益生源乳业凭借其优质无防腐剂纯鲜奶受到越来越多消费者的青睐。目前，益生源的纯鲜奶已成为烟台人首选的奶源之一。2009 年益生源乳业开始扩大业务范围，已成功研发并推出了酸奶等奶产品，受到了消费者的好评，消费群体也在逐渐扩大。

2007 年初，公司更名为山东益生种畜禽股份有限公司，注册资金 8100 万元，生产规模再上一个台阶：年引进祖代白羽肉鸡 17 万套，市场占有率达到 27%；引进祖代褐壳蛋鸡 4 万多套，市场占有率达到 20%。同年 12 月，公司通过 ISO9001 质量管理体系认证。将种鸡的引进、育雏、育成、产蛋、饲料调节、体重控制、防疫、免疫、种蛋收集与消毒、孵化、鸡舍的温湿度控制、运输、销售服务等各个管理环节都纳入体系，来保证种鸡质量的稳定，从而实现公司“诚信益生，良种益生”的承诺。

公司自建立以来，以实在即技巧，诚信到永远和以质求生的经营理念，不断扩大经营规模，跨越性成长，截至 2009 年 12 月底，公司祖代肉种鸡存栏 39.66 万套，祖代蛋种鸡存栏 10.76 万套，父母代肉种鸡存栏 26.13 万套。2007 到 2009 年，益生三年的祖代肉种鸡进口量分别为 16.61 万套、20.9 万套和 27.55 万套，祖代蛋鸡进口量分别为 3.41 万套、7.21 万套和 7 万套，祖代肉鸡和祖代蛋鸡在国内市场的占有率连续三年均排名第一。

2009 年，公司净资产增至 2.32 亿，较 1997 年时增长了近 160 倍。

2010 年，公司进入发展的新纪元。

这一年，公司引进法国伊彼得种猪，采取与法国伊彼得联合育种的方式，向社会提供优质长白、大白、无应激皮特兰及目前国内独一无二的约克夏 004 种猪。这一年，益生被农业部确定为“国家级标准示范场”，被中国畜牧业协会评为“全国养猪行业优秀企业”。

4 月 12 日，公司的上市申请通过中国证券监督管理委员会发行审核委员会的审核。

8 月 10 日，公司在深圳证券交易所挂牌上市。

2012 年 4 月 10 日，子公司——江苏益太种禽有限公司成立。江苏益太种禽有限公司具体实施益生股份睢宁种鸡产业化项目，用于保证睢宁项目的顺利开展，优化益生股份业务结构，加强市场开拓，提升益生股份整体经营业绩。

2012 年 8 月，公司与山东民和牧业股份有限公司、黑龙江省北大荒肉业有限公司、青岛康地恩实业有限公司等共同出资设立参股子公司北大荒宝泉岭农牧发展有限公司，该公司目前正在实施年产 2.4 亿只白羽商品肉鸡及配套项目，包括2.4亿只白羽商品肉鸡的孵化、饲养、加工及销售项目等事项。

10 月，公司设立宝泉岭分公司，开始建设 10 万套白羽祖代肉种鸡场项目。

2013 年 8 月，公司收购了哈尔滨青年农场（祖代种鸡场），设立控股子公司黑龙江益生种禽有限公司，该公司实施年进口量 10 万套祖代肉种鸡项目。

2014 年 2 月，公司与中粮肉食（宿迁）有限公司签署《资产租赁合同》，租赁该公司位于宿迁市宿豫区的孵化场和 9 个种禽养殖场（包含 3 个育雏育成场，6 个产蛋场及配套的孵化场一处），可饲养父母代肉种鸡 54 万套。

2015 年 2 月，公司全资子公司烟台益生投资有限公司注册成立。

2015 年 8 月，公司控股子公司山东益吉达生物科技有限公司注册成立，其主营业务为生产及销售优质的 SPF 种蛋。

2016 年 5 月，公司全资子公司山东益生生物肥料科技有限公司注册成立。生物肥料公司的成立有利于推动畜禽粪便无害化处理生产有机肥技术的推广应用，为社会畜禽养殖场粪污无害化处理提供便利与服务，为畜牧养殖业污染物无害化处理、节能减排、资源化利用创建示范，符合产业发展政策和市场发展趋势，对公司产业的发展具有积极推动作用。

8 月，公司与中红普林集团签订合作协议，成功租赁中红普林集团的 6 个种鸡场和 1 个孵化场，增加了公司在河北省的良种辐射能力，成立了河北益生种禽有限公司，进一步巩固和扩大了公司的生产能力和市场份额。

11 月，公司引进了哈伯德曾祖代肉种鸡，结束了我国祖代白羽肉鸡全部依赖进口的历史，这对实现公司向产业链的顶端发展及保障我国白羽肉鸡产业的持续稳定健康发展具有划时代的意义。

2017 年 7 月，益生股份控股子公司山东四方新域农牧设备有限公司注册成立，该公司由益生股份与北京四方新域科技发展有限公司合资成立，主营业务为农牧设备加工及销售。

8 月，益生股份引进伊莎粉祖代蛋种鸡，不仅满足了市场的多样化需求，还为国内增加了新的蛋鸡品种。

2018 年，益生遭遇股灾。同年，益生抓住市场上换羽后遗症后传统品种性能下降的契机，扩大哈伯德白羽肉鸡的市场占有率与影响力。益生借力哈伯德，重塑了国内的产业格局，更加巩固了益生在国内行业的霸主地位。

2019 年 7 月，益生收购烟台益春种禽有限公司。扩大了父母代种鸡养殖规模，提升市场占有量。

益生从一个小养鸡场发展成为集曾祖代肉种鸡、祖代肉种鸡、祖代蛋种鸡、父母代肉种鸡、双肌臀原种猪、祖代猪、荷斯坦奶牛、畜禽疾病研究院、饲料、乳品深加工以及畜禽养殖污染零排放、循环再利用为一体，以良种为核心竞争力的农业产业化企业，从一个普通的民营企业发展成为上市公司，得益于政府部门以及社会各界的大力支持，更是益生人三十年的不懈努力和顽强拼搏的成果。

益生股份董事长曹积生，是地地道道的烟台人。作为业内资深的专业人士和行业领军人物，多年从事种畜禽养殖业务的技术和管理工作，在专业技术、市场和企业管理方面拥有丰富的经验，以性格耿直、敢做敢干在业内著称。他同时兼任农业部现代农业产业技术体系监督评估委员会委员、中国畜牧业协会副会长、中国畜牧业协会禽业分会执行会长、中国林牧渔业经济学会理事会副会长、山东畜牧协会会长、烟台市畜牧协会会长、中国农业大学终身客座教授、山东农业大学兼职教授、青岛农业大学兼职教授、第十二届及十三届省人大代表……

“益天下黎民，生万物种源。”在益生股份的大门口，这几个大字熠熠生光。作为中国最大的祖代肉种鸡企业，益生股份始终坚持走独具特色的发展之路，始终秉持主业优先、规范发展的思路，让“畜禽良种”成为公司的核心竞争力。

“为社会创造价值，为用户带来利益；为公司创造利润，为股东带来财富；为员工创造快乐，为家庭带来幸福。”

“精益求精，生生不息；诚信益生，良种益生。”

1989 年至 2019 年，祖代肉种鸡从最初引进 4000 套，到如今 40 万套养殖规模；父母代肉种鸡从开始的 0 套，到如今 400 万套饲养量；公司从单一品种养殖，到如今的产业多元化经营；从名不见经传的种鸡场，到以畜禽良种为核心竞争力的上市公司……可以说，曹积生和他所领导的益生股份见证了行业变迁、时代进步，它是中国肉鸡养殖业的翘楚和骄傲。

大河儿女

曹积生是农民的儿子，按他自己的话说，是从土里爬出来的。

1960 年 5 月，他出生在烟台市牟平县初家公社曹家大队（现莱山区初家街道曹家社区）。曹家村村中居民共有四姓，曹家是一个大姓，全村 400 多户，曹姓人口占了 95%。明朝永乐二年，曹氏从云南明水县迁来建村，繁衍生息至今，所以历史上村中事多由曹姓人主持决断。全村共有耕地 600 多亩，其中果园 80 余亩，耕地中主要种植小麦、玉米、花生等作物，果树品种主要有红富士、中华寿桃、黄金梨等。

曹积生在家排行老三，上有一个姐姐、一个哥哥，下有一个妹妹。父亲年轻时是村里的生产队长，属于典型的山东大汉，脾气直，嗓门大，曹积生和他的哥哥都继承了父亲的这种性格。

小时候家里穷，但和一般家庭不一样的是，父母对曹积生姐弟四个的学业却抓得紧。村里不少同辈人回忆，小时候的曹积生学习一直很好，成绩在班上名列前茅。而且，他还有一项特质，时时处处都喜欢当“头”，常常是他在前面跑着，后面一群孩子听他指挥来指挥去。

当然，他也很调皮，农村孩子常干的事，下河摸鱼、游泳，到农家偷红薯等，他也没少干。但他有一个特点，就是从小待人仁义，没有欺负过其他人，甚至还经常帮助乡亲。后来他带头经营种禽产业，用了不少村里人的“子弟兵”，悉心培养，至今有几个都成了益生股份的业务骨干。

曹家村是远近闻名的以道德醇厚、民风淳朴著称的“文明村”。因为被列为城区，2007 年曹家村拆迁改建，2011 年建成社区，2012 年村里人回迁。如今，沿着干净整洁的道路，走遍曹家社区的各个角落，人们无论如何也不会把它和十几年前的小乡村画上等号。但这就是事实，它几乎和曹积生的益生股份一样，十几年间发生了翻天覆地的变化。

在村里的商品房社区，曹积生买了一套房子。这套房子紧邻村里整治过的小河，小桥流水，垂柳依依。无论走到哪里，曹积生都没有忘记，这里曾是生他养他的地方。

他对他的父母，一直很孝顺。他给自己企业树立的价值观，“勤俭致业兴，忠孝传世远”，强调的就是一种不折不扣的身体力行。他上大学时，因饭量大不够吃，远在河北的大姑给他寄去了一两一两的全国通用粮票。几十年之后，他还念念不忘这件事，所以他对姑姑一直非常孝顺。

作为从这座小村走出去的企业家，他至今都是曹家社区所有人的谈资。无论是激励孩子好好学习或孝敬老人，还是勉励儿女认真工作或埋头创业，许多人都会说，“要学就学你们曹积生爷爷（叔叔）”。当然，大家也会说，曹积生是一个大富豪，“他挣的钱，几辈子花不完”。

因为忙，曹积生很少回去。实际上，从1978年考上大学那时候开始，他就很少回去了。不过有意思的是，这么多年，他的活动中心依然在烟台，在他的家乡附近。

1978年，全国恢复高考第二年，曹积生参加了高考。全校二百多名学生，最后考上的有五个，他的成绩并不理想。考完之后报志愿，他报的是牧草种植，却最终学了兽医。至今，一闻到福尔马林味儿，他就感到难受，觉得大学四年是“痛苦的四年”。

不过，曹积生现在却为自己的这段求学经历感到庆幸，因为，这决定了他一生的事业方向——一辈子与农业、与养殖打交道，也让他结识了今后一起战斗、一起创业的几位好同学、好朋友迟汉东、耿培梁、李自友、曾宪辉等人。

也许，他比同时代的许多人都幸运。

美国诗人弗罗斯特有一首诗《未选择的路》，曹积生常常会把这首诗读给别人：

黄色的树林里分出两条路，
可惜我不能同时去涉足，
我在那路口久久伫立，
我向着一条路极目望去，
直到它消失在丛林深处。
但我却选了另外一条路，
它荒草萋萋，十分幽寂，
显得更诱人，更美丽；
虽然在这条小路上，
很少留下旅人的足迹。
那天清晨落叶满地，
两条路都未经脚印污染。
啊，留下一条路等改日再见！
但我知道路径延绵无尽头，
恐怕我难以再回返。
也许多少年后在某个地方，
我将轻声叹息将往事回顾：
一片树林里分出两条路——
而我选了人迹更少的一条，
从此决定了我一生的道路。

多年之后，当他带领着益生股份冲击IPO成功，在北京，他说了这样一句话：这个企业就是我的生命，如果谁危及我的生命，那我对他是不会客气的；对上市，我没想过退路，不成功便成仁。

多年之后，当他带领着益生股份战胜禽流感，战胜各种疫情，他说了这样一句话：作为企业家，最重要的行善，是“按照良心办事，生产的产品要利国利民，有利众生，利于消费者，坚决不做假”。

多年之后，当他带领着益生股份走向辉煌的三十年，他说了这样一句话：“我们的动力源自我们的责任感。我们从事畜牧行业就要对畜牧行业的繁荣发展负责，这同时也是对整个社会负责，因为只有整个社会整体发展，社会需求增加，企业的昌盛繁荣才会持久。”

他说，他的初心就在他曾经出发的地方。

曹氏“运道”

人生最重要的几步，曹积生都走对了。

1977 年刚刚恢复高考，第二年十八岁的曹积生就一把抓住机会，从数百万人中脱颖而出，成了一名农学院的大学生。四年本科，学习兽医，尽管对大动物养殖并没有特别的兴趣，但很庆幸的是，他还是坚持了下来。

大学毕业，农业人才的分配原则是尽量回原籍。曹积生十分幸运，他所在的乡镇在其读书期间就已经划归烟台市芝罘区，按属地分配原则他就分配到烟台市，至于单位，烟台外贸正好要兽医，顺理成章就成了外贸的一员。

那年月刚刚开放，外贸内联外接地位十分重要。烟台属于沿海地区，外向型经济占比很大，外贸的引擎作用十分明显，各方面的待遇比一般部门都高。

更加幸运的是，分到外贸，曹积生被送到牛场养牛，并没有脱离自己的专业。

辗转在几个地方养牛，干到外贸食品出口肉类科活牛组的副组长，由于实在、肯干，又有学历，1984 年成为公司的第三梯队，1988 年又被送到对外经济贸易大学“镀金”，作为外贸食品的后备干部，将来可以越过中层直接当总经理。

如果按照这个成长路线走下去，曹积生一眼就能看到自己的未来——从副科长到科长，从科长到总经理，或者越过中层干部直接当上总经理，终老一生做一个技术官僚。

那当然很不错，许多人梦寐以求一生都很难突破科长的位置，毕竟像他一样要学历有学历要亲和力有亲和力，又是后备干部人选的人并不多。

但那又怎么样？如果按这个轨迹走下去，烟台外贸充其量多了一名曹副局长或者曹局长，今天的益生可能根本就不复存在。

很快，一道选择题摆到了他面前。

外贸食品决定做祖代鸡场时，起先并没有看中还是技术员的曹积生，而是在几个科长副科长中逡巡。轮转了一圈儿，没人愿意放弃大好前程跑到“荒郊野外”与鸡为伍。那时候外贸是个油水很大的地儿，是典型的“卖方市场”，手中握着外贸配额大权，走到哪里都是吃香的喝辣的，有的吃有的拿，生活与工作都很滋润。

领导们不愿意去，外贸只好退而求其次，成立筹备组把活先干起来再说。创业初期，困难居多，工作根本无法展开，于是公司领导设法找到曹积生作为副组长，看他能不能协助组长去打开局面。

曹积生有一个大本事——平时按部就班，时机一到，准能抓住，乘势而上。

不愿意在办公室一杯茶一份报慢慢熬资历享清福，曹积生认为自己更适于在一个竞争的环境中闯荡，是骡子是马，牵出去遛遛。大学毕业生的那份骄傲也不允许他就这么把自己废掉，他需要的是一场真真正正的洗礼。

祖代鸡场来到他面前时，他看到了方向，没有太多犹豫，马上就做出了选择。

没有级别的场长，曹积生一样干得很欢实——对外，以酒平天下，协调好一切关系；对内，再把那些歪才废材一个个 PK 下去。

没干过养鸡，他不怕；没有技术员饲养员，他不怕；没干过销售，根本摸不着客户的门，他不怕……他认定了方向，其他的都不在话下，他相信摸着石头能过河，车到山前必有路，先不要管前面有啥障碍，看准前路跑下去就是了。

条件有限，经验有限，对于一心追求梦想的人，对于敢于挑战自我执着前行的人，那都不是事。

有条件上，没条件创造条件也要上；有经验上，没经验积累经验还是上。

李嘉诚有一段经典的话："当我骑自行车时，别人说路途太远，根本不可能到达目的地，我没理，半道上我换成小轿车。当我开小轿车时，别人说，小伙子，再往前开就是悬崖峭壁，没路了，我没理，继续往前开。开到悬崖峭壁我换飞机了，结果我去到了任何我想去的地方。"

曹积生相信，走起来，总会有办法。

走着走着，曹积生把赶路的自行车换成了小轿车；走着走着，飞机又成了曹积生赶路的工具，看上去的路障、海啸以及悬崖，一切都成了浮云，都不再是其前进路上的绊脚石。做事业，还没开始干就惧怕前路茫茫，实在没必要——只要在路上，一切皆有可能。

认定方向，始终保持向上的姿态，曹积生在复杂的环境中摸爬滚打，不断成长。

1998 年世界经济一片哀鸿，加之日本药残事件，很多养鸡者偃旗息鼓，再也打不起精神——既然辛辛苦苦养大的鸡卖不出去，干吗还要出大价钱买种鸡鸡苗？

曹积生不为所动。这么大个国家，十几亿人能不吃鸡吗？鸡产业不可能倒闭，鸡肉的消费在世界上占比越来越大，鸡周期的影响只能是暂时的，国内的消费疲软也只能是暂时的，必须向前看，占领下一个周期。

曹积生逆势而上，大批量进口祖代鸡苗，把自己的产能做到极致。

此后，2003 年的非典，2004 年以后连续多年的禽流感，曹积生都没有退缩，而是在危中抢机，乘势而上，占据了白羽鸡种鸡饲养的潮头，成为真正的弄潮者。

每一次灾难降临，他都没有迷失方向，都一路向前。

2007 年，曹积生带领益生走上了 IPO 之路。这一步异常艰难，益生需要脱胎换骨，其中的阵痛可想而知。但是为了把益生带到更好的路上，为了益生在种源路上越走越远，上市在曹积生的心中是个必选项，这道坎儿再难他也要迈过去。

对于益生而言，这一步至关重要。

2010年益生成功上市，自此走上一条更开阔的路，益生的视野更宽，益生的眼界更高，益生的站位更前沿。

以后，沟沟坎坎不少，鸡周期时间缩短，变化莫测，但曹积生总能牢牢把握住益生的航向，一路向前。

2016年，益生从法国哈伯德进口曾祖代种鸡，在种源战略中迈出了关键意义的一步，成为国内第一家饲养曾祖代白羽鸡的企业。此外曹积生有意在种猪培育中加大力度，以期未来在国人消费最多的两大肉类中实现种源安全，确保国人的肉类消费安全。

认准一个方向，坚定不移，矢志不渝，敢于挑战，敢于坚持，一路向前，义无反顾，曹积生带领益生创造了一个又一个奇迹，完成了一个又一个“不可能”完成的任务，飞快地成长为一个活力无限的巨人。

筚路蓝缕

益生与曹积生是相互选择的结果。

20世纪80年代，外贸在国民经济中地位很特殊，扎着进出口的“口子”不说，还掌握着内外需的信息。那年月信息就是白花花的银子，“信息+计划”对于地方来说就是最好的政策扶持。

因为得天独厚的条件，往日本出口鸡肉的大单落到了烟台市食品进出口公司（又称“烟台外贸”）的头上。烟台市食品进出口公司成立于1981年3月30日，注册地址位于芝罘区广东街2号。当时经营范围包括自营和代理各类商品及技术的进出口业务、国家规定的专营进出口商品和国家禁止进出口的特殊商品除外。经营进料加工和“三来一补”业务，开展对销贸易和转口贸易。

养鸡业是我国农村的传统产业，在过去，广大农民家庭养上几只鸡甚至十几只鸡下蛋，然后到集市上卖掉换上部分零钱，用来吃盐、打油等。自从十一届三中全会以来，我国的养鸡业得到了大的发展，特别是 20 世纪 80 年代中后期发展速度更快。

我国的白羽肉鸡养殖，从 20 世纪 70 年代起步，完全是个外来物种、新鲜事物。那时候，中国老百姓还没有现在的口福，很难吃上白羽肉鸡。刚开始养鸡时，父母代肉种鸡完全依赖进口，产品也主要用于出口。为了保证外贸出口，有关部门还盯得极紧，所以，在当时，养白羽肉鸡似乎成了某些机构或单位才能享有的“特权”。

烟台外贸的操作很简单，从美国进口日方指定的父母代鸡，回来把鸡崽交给老百姓养，老百姓把鸡养大产蛋后再收上来孵化，孵出的商品代小鸡再交给老百姓养大，宰杀厂收购宰杀交外贸出口。

养鸡场和宰杀厂都是烟台各县社队的，外贸负责投资，社队场加工完交给外贸出口即可。

这样的操作确实很轻松，但也有致命的问题：体制一改，老百姓自行处理养大的鸡，不再交给外贸。

因为那时候烟台推出了“菜篮子”工程。那时候，“菜篮子”工程由原来的一两家企业负责，后来扩大到覆盖市区肉、蛋、菜、奶、豆制品、早餐等众多企业，蔬菜、肉类、豆制品、奶制品、蛋类、早餐、熟肉制品，这些企业积极加大对“菜篮子”的投资力度，扩大销售规模和增加网点布局。

眼看烟台养鸡产业蒸蒸日上，外贸的“躺赚”模式却被破坏了，地方上都在花大钱进口父母代种鸡。外贸一看，不行，他们都养父母代了，咱干脆往上走，建个祖代种鸡场。

应该说，这是个很英明的决策，随后益生的发展壮大就很能说明这一点。

益生选择了曹积生。

曹积生呢，也想出来做点事，实现自己的人生价值。

益生是个契机，但接受益生就意味着放弃很多“福利”。

曹积生顾不了这些，毅然选择了与益生共进退。

选择了益生，就意味着选择了艰难。一切从头再来，筚路蓝缕，以启山林，对于曹积生而言，这注定是一条“不归路”。

累并快乐着

创业之初，曹积生与员工们最大的感受就是累。

累，说不出的累。此前从没干过的活儿，那时“过足了瘾”。

公司距离市区很远，除了二层小楼和鸡舍，四围都是杨树林，就是一片荒郊野地。

那时候，门前只有一条土路，雨天一片泥泞，一脚踩下去，得使很大劲儿才能拔出来，根本就没法出行。去机场接鸡苗的路很窄，只能勉强跑开一辆卡车。碰着雪天接送鸡那就是一个字：惨。一大早，几乎所有人都得拿着铁锹、扫帚沿路清雪。路很远，烟台又多大雪，吱吱嘎嘎干到下午一两点才走到地方。接到鸡苗也不敢歇着，吃两口饭赶紧往回走，要不十几公里的雪路半夜都赶不回家，一边走一边还得把新的积雪铲掉，第二天要是继续下那就得继续扫。

从创业初期过来的孙忠才等老员工说，“累得骨头架都散了”。

但万丈高楼平地起，零起点，一切只能靠自己。

地面得用水泥打地平，雇不起人，铲土、填石头、抹水泥，都是自己人一点点干，男男女女能腾开身的都上；鸡场得自己建；电没通上，电线得自己一根一根地拉；没自来水，挖坑淘沙把夹河水澄清挑回来吃；运饲料的大车一到，“呼啦”一声大家就又跑去扛饲料包，对于没干过体力活的人来说，百八十斤的大包没几个能扛得动；上山拉木花算轻活儿，可女孩子推着独轮车上山也是历尽坎坷才能把木花拉回来；无论多晚祖代鸡苗一到就得去打疫苗；维生素丸得碾碎了拌到饲料里；大石子得一锤一锤砸碎了才能喂鸡，那些饲养员都是细皮嫩肉的，一天就磨得满手都是泡，再磨，泡破了，再磨，结痂了，最后人人两手老茧；铲粪这活儿不光累，鸡舍很低，人进去得猫着腰，一路铲过去，半天下来腰都直不起来；还有那个鸡粪的味儿，熏得人啊……

第一批祖代鸡苗进来后，八个女孩子就常住在鸡舍里——最大的二十一岁，最小的十七岁，正是如花似玉的年龄。一个月轮休不过三两天，兢兢业业地为这些尊贵的“鸡公主”当“丫环”。一天二十四小时瞪着眼看着那些金贵的鸡苗，小心翼翼地，生怕那些宝贝有什么差池。扛料、拌料、换垫料这些重体力活都得女孩子自己干。祖代鸡所在的养鸡场必须与外界隔绝，养鸡场里除了几个女孩子，就是技术指导王正凡老先生，其他的男员工进不来，谁想怜香惜玉都不行。那料包太沉，一个女孩子扛不动，就几个人一块把它弄到高处往料槽里倒；一个月，两个月，三个月，天天待在养鸡场，出门是鸡，进门还是鸡……

可就这么累，大家都乐滋滋的，真应了那句时髦的话，“累并快乐着”。

有人说，“晚上躺下时像个死人，可一觉醒来，就又满血复活了”。激情燃烧的青春，总觉得有使不完的劲儿，一直被干活的冲动鼓胀着。大家累在一起，腻在一起，完全把工作当成了一种乐趣，不再是单纯为工作而工作，况且，老板曹积生也天天和大家一起干，劲头都足着呢。

那时候人活得单纯，大家凑在一起，忙了，低头干活，清闲点儿，就说说笑笑，高兴了，没准谁亮开嗓子唱两句，开心啊，觉得那就是幸福。

曹积生对这些“丫环”们也很照顾，逢年过节都跟她们一起过，逢着谁的生日，他都会让后厨加两个好菜，大家一起庆祝。

徐淑艳是第一个在鸡舍过生日的人。

曹积生一看是徐淑艳的生日，来不及准备生日蛋糕，就让后厨把两个四两大的馒头胚子摞在一起，用捞菜的铁笊篱按出装饰的花纹，蒸熟了再放油锅里炸，又喧又香，徐淑艳喜欢得不行，“从来没吃过那么好吃的蛋糕”。如今几十年过去了，一说起过生日，徐淑艳最先想到的还是当年在鸡舍里过的那个生日。

益生草创之初，大家心往一处想，劲往一处使，有老板打头儿，都觉得有奔头，苦着累着也乐和着。

最好的美味

创业期那几年，谁都辛苦，生产上苦，销售上苦，司机同志也是一样辛苦。

接鸡送鸡是常态，跑北京，跑石家庄，跑东北。车呢？远不是现在的高档大车，清一色的小面包，装载量也不大，一有任务，“呼呼呼”就上路了，一跑就是七八百公里、一千多公里。

那时候，并没有全程高速，高速都是一段一段的，上上下下，也不像现在一样有什么百度地图、高德地图，到哪儿手机一导航就成了，再偏僻的角落都能找到。也没有手机，与客户联系很成问题。那时候司机上路，得打起十二分的精神才行——不能跑错地方，一错就麻烦了，小鸡是活物，在车上不吃不喝，抢的就是时间。能按时送到还怕损耗过大，你再跑错地方那就完了，小鸡时间长了铁定脱水，一脱水，这批小鸡就会出大问题。路况有时也不好，遇到坑坑洼洼的地儿就得格外小心，小鸡可是金贵物，受不起那个颠簸，路上遇到个车祸什么的，挡在那儿，心里就能冒火，实在是等不及啊。

接鸡送鸡，说白了，司机干的就是抢时间的活儿，一点儿都不能含糊，得特别操心特别有责任感才行。

跑北京一般是接鸡，路跑得多，也比较顺当，但跑不起来，一来一回就得二十八九个甚至三十多个小时。小鸡装上车就不能停，中途偶尔到加油站加加油，基本上都是运行状态——再冷的天，下车吃热乎饭都不可能，都是买点面包、火腿肠，一边开车一边撕开吃，一点儿都不敢耽搁开车。

接的祖代鸡二三百元一只，送的父母代鸡崽儿也是几十元一个，价值都很高，哪一个都耽搁不起。

接鸡回来，一般都是下午、晚上，甚至是凌晨三四点。一班人都等着给鸡喝水，喂食，先把这些“小公主们”迎过去安顿好。司机呢，几十个小时的鞍马劳顿，心里的弦一直绷着呢，安全接回，一块石头就落了地。思想一松懈，就觉得那是真饿，就想着吃一碗热乎饭。

送鸡会好一些。吃好喝足上路，一门心思直奔目的地，把鸡送到客户手里就万事大吉了。回来就不用急了，可以慢悠悠地走，除非还有别的任务，不然就没心思一路走一路欣赏风景了。

每次回来，伙房里都会安排一碗热面条，吃起来，香喷喷的，简直就是人间最好吃的美味。

销售先行

今天的益生是养殖界的“当红明星”，生产与销售都处于“高位”——益生是国内唯一饲养曾祖代白羽肉鸡的企业，拥有亚洲最大的祖代鸡场，父母代与商品代白羽肉鸡的生产规模也越来越大，在种猪繁育与奶牛繁育等方面都做出了有益的探索；益生客源充足，老客户稳定，新客户增长速度很快，多层级的销售渠道正在加速形成。

益生走到今天真不容易。

创业那阵子，益生的生产完全是摸着石头过河，走一步探两步，销售更是艰难。

益生创业之初本是奔着生产去的——益生最初的定位是烟台外贸的祖代鸡场，主要负责生产。益生把祖代鸡养好下崽孵化出父母代鸡就 OK 了，其他的交给外贸食品的肉类科。肉类科负责销售，只负责生产这个任务也简单，按计划分给各区县种鸡场就行了。那时候，烟台各区县都有种鸡场，配额生产，计划经济盛行的时代，生产与销售都是一个萝卜一个坑。

但是，风向突然就变了，说好的销售说黄就黄了——不是肉类科分不下去，是人家肉类科根本不接招。人家说得也干脆，都市场化了，谁生产谁销售。

一个一门心思搞养殖的生产企业，突然被甩锅要求自产自销，那种慌乱可想而知。

种鸡那可是活物，金贵得不行，根本等不起。

场长曹积生不信邪，带着销售队伍就顶了上去——不知道客户在哪儿，他们就跑到畜牧系统落实企业名单，到收费站查找过往养殖企业信息，买养殖企业黄页一个一个查。信息收集回来一边打电话，一边写信，一边寻找机会亲自跑到周边的养鸡企业拜访。好在当时是卖方市场，没多久订单就“哗哗”地都过来了。

1991年和1992年两年间，益生甚至把订货会都红红火火办了起来，企业先交定金，一定一年。其时，全国种鸡货源不足，益生产品供不应求。

但养殖业最大的特点就是周期性明显，有“大年”“小年”之别——一会儿在云端，一会儿在谷底，一转眼就是天壤之别。

1993 年后连续几年，都是鸡周期中的“小年”。

“大年”到“小年”，风向反转，所有的问题都来了。

那时候交通不便，到哪儿都是绿皮车，要么就是坐大巴，“咣当咣当”一跑就是十几个小时、几十个小时，跑销售一出去就是十天半月，一个月难得在家三天两天。那时候，找个人很难，没有通信工具，最先进的通信工具是 BP 机，呼来呼去的，自己说等别人回，常常是人到地方了，一时又联系不上。没办法，只能靠嘴，一路打听，一步一步摸过去，根本就没法算时间的账。

听说哪里有养殖企业的洽谈会、展览会，多远都会跑过去。展览会就干两件事，给人发名片、收集别人的名片，再就是跟人聊，介绍益生，邀请人到烟台去看去实地考察。刚开始，益生在行业里还是个小弟弟，名不见经传，说了半天人家才算明白种鸡圈里还有一个益生。那种情况下，即使说得天花乱坠，想一步到位推销益生的种鸡苗也很难，基本上都是拿到别人的电话后经常保持联系，看他们有啥需求，好赶紧跟上。

这也确定了益生销售人员最初的价值取向——往长远看，跟人交朋友，真诚待人——这也跟他们大多数人的秉性一致，益生最初的销售基本上都是老实人，一个比一个实在，不会藏奸耍滑，也不会左右逢源，都是能把心掏给人的主。如今益生在市场上“言必行，行必果”“急客户所急，想客户所想”“客户至上”的好名声就是那个时候打下的基础，并喊出了“实在即技巧，诚信到永远”的营销理念。

但种鸡苗一茬接一茬地孵出来，都等着发货呢，时间耽搁不起啊。

那时候，全国一窝蜂上马了不少种鸡场，大大小小四十多家一起砸向养鸡户。客户的选择性很强，卖方市场变成了买方市场。大家都在一个锅里闹腾，完全是僧少粥多，谁的日子都不好过。而益生又是“以产定销”的模式，小鸡孵出多少，就得销售出去多少，因为是活口，没法存放，销售员的压力很大。

每次出去跑，销售员心里都是七上八下，也不知道会是什么样的未来在等着自己。但是，尽管很多时候是在大海捞针，他们还是义无反顾地往前冲，心里就想着能多跑一家算一家，小鸡娃不能等，公司不能等。

有好几次，鸡都养出来了，“婆家”还没有找好，“小公主们”差点就砸在公司手里了。

1995 年，蛋种鸡的市场销售压力比较大，其时市场不太好，许多客户信心动摇，一直下不了决心要不要接着养。销售员王国华眼见着一批鸡苗孵出来了，客户还没定下来，心急如焚，赶紧跟各地的意向客户联系。

联系了一圈儿，情况不容乐观。好说歹说，有一个佳木斯市的客户总算吐口说可以进一部分鸡苗。

就在王国华确认客户的时候，鸡苗已经在运往青岛机场的路上了。

定下来之后，王国华赶紧坐火车往哈尔滨赶。那时候没法银行转账，需要人过去拿才行。

鸡是下午五点到的，王国华是晚上八点到的。

王国华一到机场，机场管理处的人就要求赶紧把鸡苗拉走。但王国华一看，拉不走啊，客户接鸡的车没来！其实，客户还真的来了，客户从佳木斯市临时找了辆大头车，用几根木头支着，上面用帆布搭起一个棚就跑去接货了。但两个人硬是没接上头——那时还不时兴手机，你联系不上我，我也联系不上你，两头都急得团团转。

王国华看不是事，外面又实在太热，软磨硬泡要求机场“法外开恩”，允许他把鸡苗先放到库房里。回过头，到机场宾馆，王国华赶紧给佳木斯市客户家里打了一个电话，一联系才知道，人家一大早就赶往哈尔滨了，大家跑两岔了。不过，客户人聪明，临走前对家人说，益生那边肯定还会打家里的电话，打过来就让他说一地址回头好去找他。

王国华留了个地址，第二天早上六点客户准时过去敲他的门。

但六点太早，机场还没上班，一直等到八点钟才开始装鸡。装完鸡就开始火急火燎地往佳木斯市赶，400 多公里多是小路，坑坑洼洼，走起来非常吃力，从早上八点又晃荡到晚上十点。好在，客户鸡场里的人都等在那里，接着鸡赶紧喂水，谢天谢地，这趟送出来的鸡虽几经颠簸，死亡率却很低，完全出人意料，应该说这些鸡苗一个个都是“鸡坚强”。

忙完，已是深夜。没吃饭的地儿了，王国华在佳木斯市找了一个便宜的旅馆住下，买了一包方便面泡开吃。第二天货款两清，王国华坐上佳木斯开往烟台的列车，一路上“咣当”三十七八个小时才回到烟台。

那滋味儿，没跑过销售的人真体会不到。

那时候，女孩子跑销售更不方便。出门在外一跑就是十天半月，有时候想洗把脸都不容易，坐火车还好，坐大巴那个憋屈，来了例假简直能把人整死！最时髦的传呼机，地域之间差别很大，出了省，联系一样不方便。不过，其时给女销售员的“优待”是尽量不跑远，多半只在山东境内，跑跑烟台周边、潍坊、菏泽等地。

客户对女人跑销售也很照顾，能体谅她们的不易——一般人过去都接待，帮助她们推荐一些知根知底的酒店。女人呢，感性，与客户交流起来容易，一般情况下吃闭门羹的时候并不多。现任肉鸡营销部部长的李松梅，就是首批女销售员之一。

销售遇到最大的问题有两个：一个是非典时期，村村设防，人人自危，小鸡苗运出去都困难，销售就更难了；一个是禽流感盛行的时候，其时大家连鸡都不敢吃了，你产品卖给谁？没人敢养啊！

那时候，整个销售团队是真正的“压力山大”，一边是客户养的越来越少，甚至大面积停养，销售变得越来越困难，一边是老板曹积生与迟汉东、耿培梁的逆势而上战略——危中抢机，趁着种鸡养殖大面积缩水，大量进口祖代鸡，加大行业占比与市场占有率。

销售困难重重。

唯一的优势是，那时候经过十多年的努力，益生在圈子里的知名度已经起来了——大家都知道益生的鸡苗质量好，不容易得各种疾病，好养，基本上买回来很少在疾控上过多地下功夫。而且前期也积累了一批忠实客户，选择继续养的，首先还是益生。

销售形势不好，销售团队也没退缩，反而斗劲更足。不管有多大困难，他们就认定一个，该养的还是会养，他们要做的就是跑客户跑客户跑客户。

难度可想而知。

非典时期，处处都是隔离单元，走到哪里都被人“拒之门外”，运输变得十分艰难。而客户的养鸡场一般都在村头，基本上是村村设防，有的拉线，有的挖坑，人都进不去，更别说是装载鸡苗的车了。处处送鸡，处处都得协调，人不让进，至少得想办法让鸡苗进去。

那时候，手机都有了，联系方便多了，到了哪里就提前跟当地的客户沟通。有时候把车开到他们附近高速口，有时直接开到村口，他们再找村里人接力一下，当时阻力非常大，但是最终都协调下来了，没有太耽搁事儿。

2004 年到 2006 年，被世界许多专家认为是“七灾之年”——油价超乎寻常地上涨；全球气候异常，冷热不均，北半球部分地区极寒，其他区域变暖；世界粮食歉收，饥荒加重；战争阴云不散，中东地区这个火药桶随时有爆炸的危险；超强禽流感席卷全球，引起大规模恐慌……

本来全球大形势就不好，再加上几乎无孔不入的禽流感，养殖户大多都处于绝望的边缘。

这种情况下，销售要做的就是把益生的认知、益生的乐观传给他们。在这种大势下，益生并没有被吓倒，而是逆流而上，扩大规模，因为益生坚信一点，禽流感一定会过去，中国的经济一定是越走越好，全国十几亿人对鸡肉的需求一定会越来越大。当大家都没再养鸡时，你还养有大量的鸡，什么概念？

说服的工作很难做。但客户一旦明白过来这个味儿，又敢于担当，敢于冒险，接着养殖就不是问题了。不但不是问题，有些人干脆豁出去了，大幅度增加养殖数量，他们开始对益生刮目相看，愿意把“宝”压在益生身上，压在国运上——禽流感是当下的大势，但禽流感之后还会有一个大势，那就是肉鸡奇缺，养鸡的收益将会达到一个峰值。

禽流感过后，2007 年鸡价大涨，赌对了的养殖户狠赚了一笔。许多客户对益生很感恩，从此认定益生，与益生共进退。

益生的销售对这些关键时期帮助公司渡过难关的“老铁”们也很

感恩，对他们的服务更加周到，与他们的交往更加密切，以至于彼此成为相交甚好的朋友，一旦客户那边有什么事，哪怕是个人的私事，销售都会调动一切力量帮助解决。

高度压力、高度量化、高度激情与活力，造就了有高度责任感、有高度服务意识的益生销售人。

许多客户都说，你们益生的销售本质上是在销售人品：产品好，鸡苗养起来容易；人好，领导没有架子，很好沟通，销售人员服务意识好，讲信誉，是真的替客户着想，真诚。

艰难困苦，玉汝于成。闯过了一个个难关之后，趟过了一个个险滩之后，益生的销售变成了铜头铁臂，战力超强，与客户沟通交流变得更加自如、自信。

今天，秉承着这些强大的基因，益生的销售做得一样风生水起。益生的销售服务越来越周到，沟通越来越便捷，交流越来越顺畅。今天，许多“老铁”客户因为极为认可益生，已经与益生建立起了战略合作联盟，大家组成一个铁打的营盘一起往前冲。

“打”出来的江山

曹积生总算搞明白了演义小说中说的“打江山”是怎么一回事了。

接手益生的时候，那叫真正的一穷二白：人财物啥都没到位。

外贸食品公司给他的，更像是画了一张饼。

人吧，没人。算他曹积生一个，也不过三个人，一个办公室主任，一个司机，连个最基本的需求——饲养员也没有，只能想办法从旁边东陌堂肉鸡场借人，好在肉鸡场是东陌堂、中粮食品与外贸食品三家的合作企业，这点人情还是有的，况且一开始益生也是往三家合作的路上走，借人顺理成章。再就是后来慢慢从当时的一冷二冷调了几个相关人员。

财呢，也一样拿不出手。外贸食品公司除了准备好进口鸡苗的钱，其他的预算抠得很死，萝卜拨过来的本就不多，坑也没给挖几个，只能是一个钱掰成两个钱用，能紧就紧，能省就省，自己可以干的活儿哪怕累得半死也绝不会花钱请人去干，是真出不起那个钱。

物呢，除了一座前期盖好的二层毛坯小楼，啥都没有。从单位借一辆车过来帮忙，还是辆老爷车，看上去就不怎么样，跑起路来更是“咣当咣当”到处响，至于其他的，都没到位，只好慢慢边走边说。

曹积生到种鸡场挂帅时，啥身份都没有。当年七月份，本来在外贸食品坚守岗位，副科长的官帽也能戴到头上，但老曹感觉仕途渺茫，遇到这么个创业机会，一分钟也不愿再在办公室待，赶紧走马上任了。上任时，脖子上挂的还是一个科员的标签。

在国企里干筹备组副组长，负责人事管理，却又没个一官半职加身，这本身就很吊诡，很成问题。

更成问题的是，陆续“发配”到种鸡场的，多是外贸食品、一冷二冷“推荐”来的，都不是什么善茬。当这些硬茬遇到没品阶的副组长时，火星真就开始撞地球了。

种鸡场没有一个懂行的不行，曹积生火急火燎地就想赶紧去请人来指导。

要请的师傅在莱阳，曹积生就喊司机开车一块去接。

没承想，司机一甩脸就回了一句“不行”，说是车太老破，开不到莱阳，摆明了不愿去。

曹积生一听就火往上蹿，扯着嗓子就骂开了：“不去就滚蛋，马上把钥匙拿出来！”

司机一看，这人脾气点火就着，惹不起，只好认栽，马上开车就走。

电工方面更是厉害。

筹建种鸡场时，一切从简，拉电、电工、钳工之类的活都是自己干。

但曹积生指挥不动相关人员，人家一句话就顶回去了：不行，干不了。至于怎么干不了，理由一大堆，曹积生听不懂，但他能懂的就是，人家不愿干。

不愿干好办，就一边儿待着去。那年月没法随便开除人，曹积生杀鸡骇猴，一气儿停了他三个月职——这三个月你就在办公室坐着，哪里都不准去，不上班算旷工。这招够狠，一憋气儿老老实实坐了三个月，比杀他都难受，一下子就蔫了。

曹积生想得很明白，有些人根本不是用来讲理的，以毒攻毒，以其人之道还治其人之身，是最好的办法。对待耽搁生产、阻碍生产的人，曹积生干脆利落，你混我比你更混，以混治混，效果甚佳。曹积生脾气不好的坏名声，就是从那时候积攒下来的。

他是把这个种鸡场当成了自己的命，谁危及他的命，没别的路，他就跟谁拼命。

草创时期，什么都得自己干，义务劳动的时候很多。曹积生只要有空就带头干，舍生忘死地干。场长这么拼，谁也不能不干，几乎是全员上阵，定时定量地分配任务，干不完不收工。城里长大的小青年干活有股子冲劲，但拼耐力还真不是个儿，干不大会儿就得掉队、认怂。

曹积生每次带队干活，早上都是吃饱喝足，精力旺盛，不到晌午饭点不收兵。这些小青年都是生活不规律的主儿，早饭一般都省了，拖到最后，一个个像是霜打的茄子，气焰全给打了下去。他们是既惧曹积生又服曹积生，几次下来就被曹积生带出来了。

摸着石头过河

左冲右突，好歹江山是“打”下来了，但怎么“坐”下去的确是个问题。

开弓没有回头箭。曹积生倒是想得明白，养种鸡这活儿技术含量不低，不能乱来，咱不懂，得找懂行的人过来坐镇。

还真不好找。

曹积生在外贸养牛时，因为人活跃，与烟台及其周边的兽医系统、农业系统多有联系，跟山东农大那帮20世纪60年代毕业的学畜牧的、学兽医的校友很说得来，大家专业比较近，又是一个学校出来的，有说不完的话、诉不完的情，彼此走动很勤。创办益生，曹积生第一个想到的就是请他们帮忙。

还真让他找到一位，老先生叫王正凡，养了一辈子鸡，被请来担当益生的技术顾问。还有一位李凯李工，是从东陌堂借来的。有了两位“大神”压阵，曹积生多少有了些底气，种鸡场“咣当咣当”就开张了。

但一开张就知道，养鸡与养种鸡还真不是一回事儿。

养鸡的程序，老先生门儿清，按他的要求去做没跑儿，但养种鸡这玩意儿都没有经验，养着养着还是免不了出问题。

两次都是不懂惹的祸。

那些美国来的祖代鸡苗实在是太金贵了。员工开车去北京接鸡，曹积生与其他人一切准备就绪在场里等着，一直等到晚上十二点，然后，像迎接公主一样把 4000 只小鸡苗迎进鸡舍，好吃好喝好招待：喝的是员工们舍不得喝的深井水，吃的是严格按比例精心拌好的饲料粉，住的鸡舍干净敞亮，柔软的刨花当床，床上再铺上一层光滑的牛皮纸，比“席梦思”还“席梦思”，他们还觉得又贵又漂亮又干净的牛皮纸与这些金贵的小鸡很配。加上那时候还没有料槽，粉料撒在牛皮纸上，正好兜着，两全其美，看着小鸡兴奋地在纸上啄食，大家心里别提多美了!

眼看小鸡苗有料吃，有水喝，活蹦乱跳，大家刚松了一口气。意外发生了！鸡苗开始得病，一只接着一只倒下，短短几天工夫，就死了 490 只!

动检的化验结果出来才知道，是葡萄球菌感染。那这葡萄球菌又是从哪儿来的呢？大家又是一通忙活，最终排查发现：原来，竟然是牛皮纸惹的祸!

曹积生说，“就是因为太金贵了，我们又没有养过鸡，就感觉这个鸡回来以后，这么贵的鸡，那个床就应该比我们的床还好，所以说下面垫的刨花，上面又铺了牛皮纸”。

曹积生说，他们想当然地认为，铺上牛皮纸，等于给小鸡铺了一张新床，在上面吃饭、睡觉，不是很舒服吗？但没想到的是，这一番好心却办了坏事，几乎招来了一场大祸。

原来，雏鸡在运输之前，一般都要进行三道工序，这就是断喙、剪冠和断趾。公雏剪冠，可防止啄斗时受伤或在采食饮水时被鸡笼栅格擦伤，且便于日后识别误鉴的公鸡；断趾呢，是怕公鸡将来配种时踩伤母鸡，故在出生后把其第四趾（内趾）的基部剪去，有时还得烧烙一下。鸡苗被剪冠与断趾后伤口结的痂，在柔软的环境里会慢慢地自然脱落。

而坚硬的牛皮纸，揭开了雏鸡断趾的旧伤疤！因为牛皮纸太硬，小鸡踩在上面走来走去，轻轻地一磨，把断趾伤口的痂全都磨掉了，造成感染！

“最后知道这个事儿以后，就看那个牛皮纸上，全是那个血点。赶紧把牛皮纸一撤，好了。”现在说起来，曹总觉得自己“又好气又好笑”。

还有一次，也是不懂导致的。

益生为了更好地孵化小鸡，特意从加拿大进口了一个全新的全自动的孵化器，专门请了一个泰国人过来安装，安装完了就开始孵化小鸡。进口机器跟原先国内使用的老机器不一样，主要是温度控制上差别很大。机器使用说明是全英文的，场里学英文的少，大家都不怎么懂，就专门请烟台兽医站一个学英语的人过来翻译。翻译得也没错，人家是华氏度，我们是摄氏度，一比对也就行了。

但还是出了问题，出在我们对人家的设备是真的不懂。

任何一个孵化设备，外面的显示温度和里面实际温度都是略有差异的，即里面的蛋表温度和外面显示的温度有出入，出入的多少因设备而异。就这个进口设备而言，外面的温度显示为正常时，里面的温度就已经过高。这样孵出来的小鸡就容易脱水，刚出来的时候活蹦乱跳，但不足三天就会因为脱水而死掉。当时益生人是根据使用国产设备的经验来判断孵化温度的,所以一批一批地孵化,一批一批地卖出去，结果整整一周孵化出来的鸡苗，卖出去后不断有客户反馈，大约三分之一的鸡苗三天左右就死掉了。一只鸡苗九块多钱，益生得一个一个地赔啊，而且就那么多蛋，这么一折腾也没有蛋可孵了，那人家订的鸡苗怎么办？益生交不出来怎么办？

“孵化器事件”让益生突处险境，董事长曹积生被整得焦头烂额。最后才明白，问题出在温度上……

第一批鸡苗经过葡萄球菌感染灾难之后，长势一直不错，但长到十七八周的时候，也就是距离产蛋期不足七周，这批注定是用于试验的祖代鸡又出了新问题。每天三个鸡舍里都会挑出四五只死鸡，大家像养孩子一样精心呵护养大的鸡,眼看着一只一只死掉,又不知道原因，人人心里都像堵了块石头。

“牛皮纸”和“0.2℃的温差”事件让益生人吃一堑也长一智。曹积生没有等，直接抱着鸡坐长途汽车去了青岛动检所，一化验，病因出来了，这些鸡得了滑膜炎，支原体感染，腿关节全坏了。

支原体感染治起来倒不难，卡拉霉素一用，基本上是药到病除。问题是国内没有卡拉霉素粉，用针注射的话价格不菲不说，那么多鸡一只一只打针也不太现实。也是天无绝人之路，通过熟人，曹积生还真买到进口卡拉霉素粉，拌料喂了三天，鸡全好了。

可能是上天也不好意思再难为益生了，这批多灾多难的祖代鸡产了小鸡之后特别好养，再也没给益生人找什么麻烦，出去之后还给益生赢得了不错的口碑。

打虎三兄弟

俗语说，“一个好汉三个帮，一个篱笆三个桩。”

了解益生的人都知道，在这个亚洲最大的种鸡帝国，决策层可不止董事长曹积生“一条好汉”，他还有两位最亲密的战友——总裁迟汉东、副董事长耿培梁。

三人一直协同作战，“共同进退，心灵相通”，一起为益生这座大厦打下最稳健的基石。益生走到今天，“三人团”的高效运转是功不可没的。

曹总、迟总、耿总是一起“同过窗”的大学同学，都是山东农业大学 1978 级的高才生，学的也一样，都是兽医。当时他们是小班制，三十二人一个班，曹积生与耿培梁在二班，迟汉东在三班，但小班仅仅是一个管理单元而已，所有的课基本上都在一块儿上，说白了还是一个大班，彼此呢，都很熟识。

毕业季，大家各奔东西，曹积生撞个大运，沾了“出身”的光——上大学前老家牟平县就划进烟台芝罘区，芝罘区是烟台的中心区。

当时大学生是宝，包分配，原则上是除参加省里分配的都是回到原籍，曹积生分到烟台市外贸养牛，迟汉东到烟台农业局报到，第二年就开始养鸡，管烟台市的菜篮子，耿培梁则被分配到枣庄畜牧局。

三个人也没想到，毕业后走着走着竟又碰到一起，而且大半辈子会在一起度过，一起见证、亲历益生的发展与壮大，一起分担“寒潮、风雷、霹雳”，一起共享“雾霭、流岚、虹霓”，一起把国内的一个小种鸡场干成亚洲种鸡行业的“带头大哥”。

三个人配合十分默契。

大嗓门“喊”来的总裁

迟汉东是曹积生拼嗓门“喊”来的。

益生创建之初，曹积生基本上是光杆司令，从外贸食品只带了两个人，一个来当办公室主任，一个是司机，此前三人谁都没跟鸡扯上关系，至于饲养员，还是从烟台外贸、东陌堂村、中粮三家合办的种鸡场借过来的。

看准了的事，懂不懂先干，反正活人不能让尿憋死。

曹积生一个猛子扎进祖代鸡养殖这个未知大坑里的时候，迟汉东已是烟台名头很盛的养鸡专家了——走出校门第二年，他就开始在烟台市赫赫有名的夹河鸡场养鸡，在北京农大（中国农大前身）指导下参与创建了专管烟台市民“菜篮子”的蛋鸡场，负责技术活儿，那鸡养得正欢。

“葡萄球菌感染”“滑膜炎”“错认温度计事件”，一连串的“错错错”让曹积生心疼肉疼，一只种鸡仅成本就二三百元，劳神费力养一段时间，呼啦啦脖子一硬就死了，这算是怎么回事儿。

“摸着石头过河”，新生事物嘛，确实免不了，但老这么“摸”下去肯定不行，代价太大了！

益生要少走弯路，还得想尽办法请专家坐镇。

请谁？曹积生踅摸一圈儿，决定把老同学迟汉东拉来入伙：一来，他真有这本事，钻了七八年鸡笼，技术那是杠杠的，烟台能拉来一起遛遛的人不多；二来，老同学嘛，兄弟有难，你不帮谁帮？“打仗亲兄弟，上阵父子兵”，拉他理直气壮；三来嘛，都是老熟人，知根知底，沟通起来方便，成本很低，再说，他曹积生一天到晚不是忙“养”就是忙“销”，还得协调各种关系，真没时间出去考察人。

但他有时间去缠老迟。

迟汉东在养鸡场干得正得意，心里真没有转移阵地的打算。那时候，他所在的养鸡场每天为市民提供一万斤鸡蛋，是烟台市市长眼中的宝，基本上是要啥给啥，粮食玉米都是国家直供，还是事业编，吃喝不愁，人事更是逍遥，你还要啥？而且，家里人都极力反对，不让他瞎折腾，他也很明白创业的艰难，当年建场吃过一茬苦，收割季节，真不想回头再吃一茬。

但不想吃不代表他不吃。

曹积生一看这架势，感觉不来点真的，这老兄是不下船啦，倔劲一上来，天天去“缠”他。

没事，他就大嗓门往迟汉东楼下可着劲儿喊。

“迟汉东！”“迟汉东！”“迟汉东！”……

喊得人心惊肉跳啊。那时候，养鸡场、办公区、住宿区都在一起，你想想，这么没命地喊，场里那么多人，都知道外贸搞种鸡养殖的场长天天来喊他迟汉东，这算啥事儿？喊得迟汉东家的老人都坐不住了。

“你那同学又来了，你看咋办，不行，你就去看看吧！”

看看就看看，尽管还有几分不情愿，老同学嘛，都到了这个份儿上，迟汉东还是去了。

这下好了，曹积生喜不自胜，赶紧去跑关系，把迟汉东顺顺利利地从农业局转到外贸上。

一“喊”定乾坤。这一喊成就了曹积生，成就了益生，也成就了迟汉东。

自此，曹积生的“喊”功名震江湖，业内传闻，谁要是被曹积生的“喊”名大法招呼住，嘿嘿，就别想着摆脱，十拿九稳得被网住。不过，话说回来，那可是幸福的网啊，很多人争着抢着哭着喊着往里面钻都进不去。

“挖”过来的副董事长

说“三顾茅庐”或许还不足以表达曹积生的诚意，耿培梁入主益生确实是他一门心思“挖”过来的。

从鲁南的枣庄畜牧局把人请到鲁北的烟台并不容易。

1997 年公司改制之后，曹积生与迟汉东都感觉身上的担子陡然加重，事儿太多了，有些分不开身，就动了“请君入瓮”的念头——从同学里面找一个能守住摊儿的人在家坐镇。

此前，曹积生主外，更多的是照顾公司发展的大环境，与各级政府与银行打交道，迟汉东则是“内外兼修”，市场得跑，公司一大摊子事儿也甩不开。

有一次，耿培梁与同学到烟台小范围聚会，被曹积生号上了——老耿正是他想找的人。

这叫什么？“踏破铁鞋无觅处，得来全不费工夫。”耿培梁简直不能再合适了——大学同班同学，班里的团支部书记，人实在可靠，做事稳重，一直在畜牧领域搞技术，还兼有领导职务，官职虽说不大，但总归是一个部门的领导，管理能力没的说，帮忙打理一个刚刚起步的益生公司自然不在话下。

“我这儿是真缺人，要不，你们两口子过来帮忙？”曹积生半开玩笑半试探地问耿培梁。

耿培梁也半开玩笑地连连摆手：“不中，不中，万一你这边关了门，我们到哪儿吃饭去！”

“要不这样吧，你们夫妻两人过来一个行不，你过来！嫂子的工作调到烟台。”曹积生看老大哥不松口，退而求其次。

那年月调工作很难，伤筋动骨不说，动用一大圈关系最后还不一定能办成事。耿培梁权当是玩笑话，但老同学话说到这份儿上，不好太推托，就答应下来。

说笑归说笑，曹积生还是很郑重地把几个同学请到益生参观一圈，事后，耿培梁回到枣庄，也就把这事撂到一边了。

没想到，一年后，曹积生打电话说：“安排好了，炳兰（耿培梁妻子，也是他们大学同班同学）到事业单位，你呢，到益生。”

耿培梁当时有些傻眼，这没影的事儿，还就成了真，有心推脱，但也知道老同学为此做了不少工作，不忍回绝，思前想后，心一横，就应了下来。

但工作调动这事确实不易。

果然，枣庄人事局不同意放人。

你一个枣庄市畜牧局畜业饲料监察所所长，枣庄市连续两年的专业技术拔尖人才，咋能说放你走就放你走呢。人事局不愿意定这事，推到组织部，组织部自然也不同意。

上上下下跑来跑去，还是不行，夫妻俩干脆一块交了辞职报告，递给组织部。

组织部的领导一看，这是铁了心要走，也不好阻拦，就同意调动，还“法外开恩”，同意等到烟台那边办好后再转，真办不好，也方便回来，枣庄这边继续接纳，关系先留在枣庄，算是借调到益生工作，这一借就借到了退休。

这么着，耿培梁连同后院一同被“挖”到了烟台。

三人团

中国有句老话，叫“生意好做，伙计难搁”。

意思很明显，生意嘛，一门心思做下去，做起来不难，难的是做起来之后，利益惹眼，于是创业兄弟之间开始“排座次、分金银、论荣辱”，每个人都想管事，分工合作就会变得困难，一个和尚尚可挑水喝，两个和尚犹能抬水喝，三个和尚便相互掣肘，搞得没水喝了，最终，企业活活干渴而死。

很多时候，企业不是因外部竞争而死，而是止步于企业内耗。

还有一种说法是，一人为龙，三人成虫。大家都是大神，大神一多了反而都是问题，“龙多不治水”。

曹积生、迟汉东、耿培梁，这三条龙在一起不但治水，还治得井井有条，水是越治越好。

“三人团”是益生的决策层，曹积生是决策层中的头狼。

头狼对狼群的发展负有不可推卸的责任，不能因循守旧，必须敢打敢冲。

三人中，曹积生主外，主要负责对接各种各样的政府关系与金融部门；迟汉东主管销售、生产；耿培梁蹲守大本营负责各方面的协调。三个人是大学同学，都是专业出身，对行业都吃得很透，因此沟通相对容易。

曹积生见多识广，脑子活泛，很容易触类旁通，因此点子很多，看见新鲜东西就能迅速搞清来龙去脉，一旦认定其价值就希望益生能够跟进。

迟汉东、耿培梁二人做事稳重，性子较缓，对行业的把握很到位，对大势看得很清楚，二人往往充当曹积生的马笼头，关键时刻拽拽缰绳，把激情澎湃的曹积生拉回现实。

很多时候，曹积生提出建议，迟、耿二人去论证其可行性。行，则搞清楚为何行，不行得说明为什么不行，能否再行改进。论证完了，三个人在一起再次磋商，意见一致了就迅速布置下去开干，意见不一致，大家就开启说服模式，唇枪舌剑干一通。一通之后，意见还是不一就一拍三散，大家各干各的事去，这个决策暂时搁置，先放那儿，大家分头再考虑，有成熟意见后再来碰，直到成或者不成为止。

曹积生的脾气急，上来得快，去得也快，但做决策都是从益生出发，绝不牵扯个人私利。迟与耿性子慢，都知道曹的脾性，二人谁也不计较，三个人相处融洽，配合默契，从来没有争个面红耳赤。

曹积生知道自己脾气不好，每到年关就会给二位同学兼兄长道歉："又忍让我一年了，谢谢！"

如今，都是六十出头的人了，三个人在一起论事更少有脾气，连过去经常会爆掉的曹积生也没了火气，和风细雨地就把事情理清楚了——道路越来越清晰，年龄越来越大，老哥儿仨越来越珍重彼此，谦让彼此了。

实践证明，正是这种珍视、尊重和谦让，让他们在中国肉鸡养殖产业领域打出了一片非同凡响的天地，并打造出一个堪称伟大的上市公司来。

这就是时间的价值。

超强的事业心

益生的事业心和匠心，从三位创业老总身上看得很清楚。

董事长曹积生是个事业型的主儿，放着舒适的办公室生活不过，跑到荒郊野外带几个人去开疆拓土，放弃伸手可及的仕途与大把利益，把自己交给一个未知的世界，没有超强的事业心根本就做不到。

没有干过养鸡，没有技术员，没有饲养员，兵员不过仨瓜俩枣，连立足之地都没有，面对一个又一个困难，面对人生一个又一个艰难的"第一次"，他都冲锋在前，义无反顾，而且愈挫愈勇，愈战愈勇，马不停蹄跑到行业的最前沿，没有超强的事业心，一般人连想都不敢想。

曹积生是把益生当成自己的命来经营，一刻都不曾懈怠。

迟汉东来益生之前在国内最大的养鸡场做技术总监，享有各种待遇与荣誉，日子过得轻松自在，有权有钱有尊严，活得很惬意。老同学一招呼，他把这些好不容易挣来的“好”都扔到一边，跑到一个小公司打天下，那份魄力与勇气没有超强的事业心也是做不到的。

耿培梁是枣庄畜牧局畜业饲料监察所所长，当年枣庄的优秀人才，专业素养很高，属于行业里的中坚力量，而且仕途大好，一片光明。没承想，被老同学三言两语给劝服了，枣庄不放人，他宁愿放弃一切都要跟着到烟台去养鸡。究其原因，也还是因为超强的事业心。

真正沉下心来俯下身来干点事儿，而不是一张报一杯茶一支烟平平安安平平淡淡过一辈子。

三颗事业心为益生打了一个最稳固的地基。

有了这个地基，许多愿意做事业的大学毕业生循“声”而至，坚定地加入益生这个大家庭。

“没说的，一看三位领头羊个个都是干事业的人，就知道这公司有未来！值得扎下根来好好做。”

益生创业初期诸事艰难，很多人才之所以最后都选择留下来，就是因为被公司热火朝天的干劲所吸引，被三位老总的事业心所感染。最终他们也在益生扎下根来，做出了自己的事业。

干事业的人认可一点：心无旁骛干事业的公司，人事就简单，事业就会有成。

事业型的平台引来的都是干事业的人才。

事业心强的老总们，也把公司的分配机制向做事业上倾斜，用心做事业者、为益生做出突出贡献者都能得到一定的股权激励，让一心干事业的人在付出与回报上成正比，及早实现财务自由，让其安心工作。

直到今天，益生依然干劲十足，干事业的氛围一直是飘荡在益生上空最好的味道。

第二章

上市为什么

改制先锋

党的十一届三中全会后，我国将对外开放作为一项长期基本国策，开始实行改革开放政策，山东省外向型经济也由此拉开序幕。随着国务院批准青岛、烟台为首批沿海对外开放城市，山东半岛经济开放区逐步形成。

1992 年，山东省推出“全面开放、重点突破、梯次推进、东西结合、加快发展”的战略，全面实施了外向带动战略和大经贸战略，外贸宏观调控体系和经营机制逐步完善，外经贸协调服务体系不断健全。自此，山东省对外开放全面加速，开放型经济进入一个新的发展阶段。1992 年至 2001 年，山东省进出口值从 58.5 亿美元起步，1995 年首次突破 100 亿美元大关，2000 年突破 200 亿美元，2001 年进出口值达到 289.5 亿美元，年均增长率达 19.4%。

益生股份就是在这个阶段改制的。

1989 年在烟台担任市委书记的陈建国曾对改制背景有专文回忆：“烟台是一个对外开放优势明显、出口资源比较丰富的城市。到上个世纪八十年代初期，市里就有粮油、纺织、土畜产品、轻工、五金矿产、外贸运输、化工、包装等 16 家市级外贸企业，其中 6 家财务关系隶属于国家经贸部、10 家隶属山东省外贸局。各县市成立的综合性外贸公司由烟台市外贸局直接管理。

“当时，烟台各级外贸公司的人、财、物统一垂直管理，而党团关系、社会治安综合治理、计划生育、安全生产等工作由地方管理。企业的业务经营实行统负盈亏，下级公司严格按照上级公司下达的商品收购计划为上级公司组织出口货源，盈利全额上缴上级公司，亏损由上级公司全额补贴。这种管理体制，权力过于集中，上级公司大权独揽，下级公司有责无权，企业对人、财、物的管理与其责、权、利相脱节，下级企业完全依附于上级企业，缺乏应有的自主权，经营不活，竞争力不强，在一定程度上制约了对外贸易的发展。

“1989 年 5 月，我从威海调回烟台工作，担任烟台市委书记。面对当年外贸出口的严重困难，在 7 月中旬市委、市政府召开的全市对外经贸会议上，我和市政府主要领导要求全市上下‘要坚定不移地完成对外经贸任务’。当时，全市外贸面临着收购资金缺口大、物价上涨成本提高等带来的一系列困难。为克服这些困难，我们进一步加快外贸企业改革步伐，打破平均主义分配模式，把外贸企业的经营计划指标分解落实到每个班组（科室）和个人，实行工资、奖金与经营指标直接挂钩。

“这一改革，极大地调动了企业、员工的积极性。获得进出口自营权的9个龙头企业带领全市其他外贸企业，积极扩大出口商品的生产和收购，积极参加国内外各种形式的商品交易会、展销会、经贸洽谈会，积极通过各种形式拓宽对外贸易的渠道，增加对外贸易的份额。到1989年底，全市有7个县市区和市直单位超额完成了利用外资计划，10个县市区和9个市直部门、企业完成了出口收购承包计划，21个企业出口商品收购额达千万元以上。到了1990年，全市外贸销售形势得到彻底扭转。当年的前7个半月，全市外贸出口商品收购额突破10亿元大关，自营外贸出口完成10.3亿美元，同比分别增长10%和15.1%。省政府在烟台召开了全省外贸劳动竞赛现场会，向全省外贸系统推广了烟台的经验。”

陈建国在文中曾特意提到益生股份的前身益生种禽所在的烟台市食品进出口公司：

“为了进一步提高出口商品生产能力，烟台市重点培植发展外贸集团，实行规模经营。1992年底，烟台市食品进出口公司以5个直属企业为核心，以产品为纽带，组织联合了全省80多个出口供货企业，成立了烟台市食品进出口集团。该集团曾连续四年进入全国出口企业500强行列，被山东省政府列为全省重点扶持的10个大型外贸企业之一。同时，烟台市还打破地域、行业界限，积极推进企业间的兼并和优化组合。烟台市食品进出口公司先后兼并、接管了蓬莱外贸冷藏厂和烟台外贸基地公司；烟台市进出口公司先后兼并了市外贸恒昌、恒盛、恒远公司；烟台市土畜产进出口集团兼并了烟台开发区升华联合公司。实施兼并后的外贸企业，资源配置进一步优化，企业生产活力进一步提升，产品竞争力明显增强。”（以上见2015年8月11日《烟

台晚报》刊载《难忘外贸改革那些事》一文）

1992年，陈建国离开烟台，调任山东省委常委、政法委书记。其后，烟台市委、市政府于1994年1月将外贸企业的机构设置、人员编制、劳动工资、计划财物全部下放到各县市政府管理，企业的财物与烟台市外贸局脱钩。从此，市、县两级外贸企业都成为自主经营、自负盈亏、自我发展、自我约束的法人实体和市场竞争实体。烟台市外贸局管理外贸企业的职能随之发生变化，由对企业直接管理变为行业管理，由对企业经营直接干预变为指导、协调、监督、服务。

但这种好日子并没持续多久。1992年邓小平南行讲话后，外贸经济格局就受到冲击，获得进出口权的外贸企业越来越多，各个地方外贸公司的出口业务则出现严峻局面，不少企业负债累累、经营困难。烟台市食品进出口公司也不例外，下属不少公司在1997年后已经停产或停业，典型的有烟台市出口商品基地建设公司等，不少职工在家或在单位待岗留守。一些老职工回忆说，1997年前的烟台食品进出口公司属于国企，当年可是烟台市响当当的好企业，一个科室五个人，谁家冰箱里有几只螃蟹都一清二楚，气氛无比和谐，至今二十多年过去了，这家公司早就灰飞烟灭，只剩下一副空壳。

那时候，面对上面下达的改革指标，烟台市外贸局的领导以及烟台市食品进出口公司的总经理找到了曹积生，想把烟台外贸种禽公司当作外贸系统唯一的改制试点。曹积生的理解是，这是他们对部下的一种爱、一种好，他们是“感觉到你行才这么做”。

这就该由曹积生下决心了。多年之后，他曾说“企业家的成长历程中‘胆商’是成功的关键”，“在处事上，要当断即断”。事实证明，他那时候就有了“胆商”这种素质，已经有了改制的迫切要求，看到了它的前瞻性。所以，没用领导费口舌，他就应下了，要在烟台外贸系统率先“吃螃蟹”。而后来发生的更多事实证明，他这一步走对了！当时烟台市食品进出口公司的其他下属单位都不愿改，除第一冷藏厂外，不少单位后来都破产了。少数企业虽然现在还在，但也只是凑合活着，“没有自己的产品，只做代加工。唯一好的就是我们这个地方，飞黄腾达，他们全部加起来都赶不上”。

但究竟该如何改，曹积生个人有没有实力吃到这个“螃蟹”，在当时，是一个不小的难题。

方案出台

中国的外贸体制改革经历了由“收”到“放”的过程。

改革开放初期，中国外贸体制改革主要是改革单一计划管理体制，下放外贸管理权和经营权，实行外汇留成制度并建立外汇调剂市场。吸收外商直接投资，使外商投资企业作为新的经营主体进入外贸领域，打破了国有外贸企业的垄断。

此后，中国推行了外贸经营承包制，用指导性计划逐步取代指令性计划。按照国际贸易通行规则，建立了出口退税制度。

1992 年 10 月，中国明确提出建立社会主义市场经济体制的改革目标。根据这一目标，对财政、税收、金融、外贸和外汇体制进行了全面改革。

1994 年 1 月，中国政府取消对出口的所有财政补贴，进出口企业转变为完全自负盈亏。人民币官方汇率与市场调剂汇率并轨，实行以市场供求为基础、单一的、有管理的浮动汇率制度。外贸经营领域进行了企业股份化和进出口代理制试点。同年，《中华人民共和国对外贸易法》正式颁布实施，确立了维护公平、自由的对外贸易秩序等原则，奠定了对外贸易的基本法律制度。

1996 年 12 月，中国实现了人民币经常项目下可兑换。与此同时，中国多次大幅度自主降低关税，减少配额和许可证等非关税措施。这些改革使中国初步建立起以市场经济为基础，充分发挥汇率、税收、关税、金融等经济杠杆作用的外贸管理体制和调控体系。

正是在这种背景下，烟台市食品进出口公司的出口业务出现前所未有的严峻局面。1996 年，根据省烟台市外贸局召开的关于外贸企业改革与发展工作交流会精神，烟台市食品进出口公司以产权制度改革为突破口，对烟台外贸种禽公司实施分立、重组、改制。此前的 1996 年 9 月 30 日，烟台外贸种禽公司的资产已经进行了评估，到了 1997 年 4 月底，改制资金到了，新公司遂于 5 月 1 日正式注册成立。

这次改制，对烟台外贸种禽公司的全体职工来说是一件大事，他们都留在了公司，绝大部分都成了公司股东，因为从此之后，他们的身份都变了，不再端铁饭碗，不再姓“公”，完全踏上了自谋生路的康庄大道。

烟台国企改制，自此名动山东。多年之后，这次改制结出了不少硕果，其中自然包括上市公司益生股份。

“骂”出来的富翁

益生的原始股东，是曹积生“骂”出来。

1996年，是国企改制年。改制有两点很明确：一是抓大放小，中小企业一律下放，政府不再背锅往前走，轻装上阵；二是，主业以外的企业都得甩出去。

益生其时很小，尽管走势一直很好，但是一来规模还没上去，二来也不是外贸的主业，自然等着“改”出去。

当年9月30日，烟台国资委核定完益生的国有资产，评估总额为145万元。国有股全部退出，要求益生于1997年全员持股买断，把钱凑齐上交国资委。最后，“优惠”10万元，益生只需上交135万现金即可。

国企员工的“铁饭碗”一夜之间没了，还得拿钱去“买”私企的员工身份，有些员工就想不通，再加上当时大家的收入都不高，拿钱填这个“窟窿”真没人愿意。

当时临时工不被要求参与，入股的总共只有34人。

34人，你看看我，我看看你，除了曹积生外，大家的积极性都不高，连公司的副总迟汉东也憋着不出手。

曹积生对交齐这100多万很有信心。企业从无到有摸索着前进，总算找到了门道，前景还不错，眼见着就能挣上大钱。觉得企业马上是自个儿的了，谁还不争着抢着入股？反正总股本也就135万，也不多，一个人三五万就齐了。老曹也没多想，上面说不能强迫大家入股，得自愿才行。咋个自愿？写张纸条自己报个数就算是自愿。曹积生就要大家自己报，想交多少，先写个数报上去。

数报上来一看，曹积生傻眼了：一共不到 20 万，连个零头都不够。这不成，大家都不出钱入股，这事还得砸锅，不行，还得重新报。

重报，曹积生有主意：得发挥领导同志的先锋带头作用。“凡是中层以上的干部，必须不少于 2 万元，一般员工不少于 8000 元，拿不上来就好好考虑考虑你的职务。”

见大家还有情绪，还不积极，曹积生的暴脾气就上来了。

“这年头，也不是财主，也不是资本家的，谁有钱？没钱去借呀！七大姑八大姨都去借去，我就不信一两万块钱就借不来！”曹积生见人磨磨唧唧就来气，“连这点事都瞻前顾后，前怕狼后怕虎，还能干啥！”

标准在那儿摆着，曹积生的倔劲儿也在那儿摆着，大家不再好推托了，除了三人实在拿不出钱放弃入股，其他的还是想办法完成了自己的任务。

不管怎么说，这逼一把也还算是有成效。

不过，连他自己都想不到，他这一“骂”一逼，“骂”出了一大堆富翁——那些当年被他逼着入股的中层如今个个都是千万富翁，甚至是亿万富翁。

1997 年 4 月 29 日，股金交齐，5 月 1 日股份公司注册成立。

早在国资委给益生核定资产的当儿，益生就采取了短平快的方式租赁了附近闲置的养鸡场，将饲养规模扩大了近十倍，使益生的祖代鸡养殖规模在国内位列第二。

1997 年，益生顺风顺水，赚得盆满钵满。

1998 年，日本药残危机与世界性的经济危机撞在一起，国内祖代鸡养殖同行大多不敢进口鸡苗，益生反其道而行，租鸡场进鸡亩，忙得不亦乐乎，结果随后两年又大赚了一笔。

这样一路狂赚到 2003 年，非典不期而至。

非典及随后数年的禽流感让养鸡行业雪上加霜，很多人对整个行业深感绝望，而益生再一次逆势而上，大量增加饲养量，当市场好转时，一只父母代鸡仔 8 元成本能卖到 48 元，六倍的利润让益生再一次大赚。

2007 年，益生开始为上市做准备时，其市场影响力、赚钱能力与改制时期已经不可同日而语。

2010 年，益生上市成功，一跃成为养鸡行业的龙头企业。

益生上市，那些被曹积生“骂”成股东者的身价一个个都是数百万起，数千万、数亿不等，真正开始享受到资本带给他们的红利了。

上市的缘起

改制后的益生种禽有限公司，迎来了自身高速发展期。

这就是机制焕发的力量。曹积生他们，也自此开始甩开膀子加油干了。按他的话说，他知道这一行的前景。

益生股份的投产年份是 1990 年，起步期祖代肉种鸡年进口量仅 4000 套。一年下来，曹积生发现，以当时企业缓慢的发展速度，若继续锁定单一品种，势必面临淘汰。经过深思熟虑后，他决定充分发挥企业的综合实力，直接从国外引进祖代蛋种鸡，尽可能地用两条腿走路。于是，1992 年他们从美国海兰国际公司引进了 2700 套海兰祖代蛋种鸡。

就在当年，全国肉鸡业大幅度滑坡，市场处于低谷，肉种鸡出现亏损，可是出乎意料的是蛋种鸡市场却非常红火，刚刚引进的海兰祖代蛋种鸡倍受欢迎。最后，两项相抵，实现了当年赢利。

市场无情，风云莫测。到了 1998 年，亚洲金融危机，全国肉鸡市场又遭风霜，几乎到了一蹶不振的地步，但这种情况再次证明了这两年上祖代蛋种鸡的正确性。

彼时，益生股份的祖代蛋种鸡已发展到 2.3 万套，市场占有率迅速提高。然而，从 1999 到 2001 年，蛋鸡市场又处于疲软状态。此时，曹积生则大胆决策：益生大规模扩建、全方位更换饲养设备。2003 年，公司祖代肉种鸡养殖规模达到 7 万套，软、硬件达到或超过国际水平。

在经受 2003 年 SARS 和 2004 年、2005 年“禽流感”恐慌、肉鸡行业迅速跌入低谷时；在其他企业都不敢引种，国内种源供应面临严重不足时，益生股份由于标准化建设、长期管理的成果及强大的资金实力保证，仍按照原定计划引进肉种鸡。

2004 年至 2006 年，我国祖代肉种鸡进口总量从 2003 年的 47 万套分别锐减到 23 万、30 万、26 万套，而益生股份则由 2003 年时的 7 万套，迅速增加到了 11 万、11 万、14 万套，分别占当年进口总量的 47.8%、36.7%、53.8%。

2007 年，益生股份的祖代肉种鸡进口量达到了 16.61 万套，占国内进口总量的 36%，存栏量 26 万套，数量和规模雄踞亚洲第一；祖代蛋种鸡进口量 4.8 万套，存栏量 7 万套，数量和规模在祖代蛋种鸡行业中位居前列。

2008 年，益生又上了一个台阶。祖代肉种鸡进口量多达 21 万套，存栏量突破 30 万套；祖代蛋种鸡进口量 4.8 万套，存栏量突破 8 万套。

这样一种逆势快速增长，一次次证明了曹积生和益生的不同凡响。而与此形成鲜明对照的是，他们身边的对手一个个倒下了。

与此同时，身处市场风险极高的种畜禽行业，益生股份开辟了抵御行业风险的有效途径，在经营上实现了“产业单一化、产品多元化”。经营产业只有畜牧业，特别突出祖代肉种鸡、祖代蛋种鸡两大主打产品，突出重点，集中精力搞好关键产品关键环节的质量；经营市场起伏周期各不相同的多种畜牧产品，种猪、奶牛、饲料、乳品、蔬菜、有机肥等，对整个种畜禽产业资源做充分利用和有效补充。

但即便是这样，养殖行业发展的波动性，依然让曹积生内心深处危机意识的弦时时紧绷。如何让益生近十年来的逆势生长成为稳步前行的常态？如何让益生立于不败之地？如何让益生有更长远的未来？曹积生一直在思索，在寻觅。

2001 年开始，两年中欧商学院的学习，吴敬琏、许小年等大家的授课，让曹积生从人力资源管理、财务管理、企业管理、营销管理等诸多方面，更加了解和掌握当代商务理念，认识到上市对企业发展的意义。

曹积生有一个搞财务的同学是一家上市公司的副总裁，他了解了益生的规模、产业结构、经营管理后，认为益生股份企业资产质地好、营利性好、市场占有率高，也极力劝说曹积生带领益生上市。

益生发展过程中经历过数次更名。每一次更名，不仅仅标志着其经营范围和规模的进一步扩大，更意味着愈加宏阔的视野和与日俱增的雄心。2007年，公司更名为山东益生种畜禽股份有限公司。这次更名虽然只加了“股份”两个字，却蕴含着一个更加远大的目标。这就是上市！

提起上市，其实有很多人并不理解，但曹积生的态度是：“没有退路，只有往前走。如果有能力上而不上，是没有责任感、是自私的表现。能上就一定要上，不是为自己的身价多高，而且要为跟着你干的整个团队。”

上市的路异常艰难。从2007年开始筹备，度过了整整三年。当证监会宣布结果的那一刻，在场所有的益生人，心都提到了嗓子眼。益生股份副总裁纪永梅说：“当时一公布山东益生种畜禽股份有限公司有条件通过，那个心情真的是，瞬间泪就哗哗下来了，说不出那种感觉，都这样，不是说就我自己。”

2010年8月10日，在深圳证券交易所大厅，曹积生敲响了大钟，宣告益生股份成功上市。这在益生的发展史上，具有极其深远的意义，是一次破茧成蝶的重生！

上市，让益生从一个传统生产型企业，开始向现代企业转变。从这一刻起，益生要涉足资本市场，学会利用资本杠杆，利用社会资金的巨大蓄水池，使自己更加茁壮地成长。

实力了得

也难怪同学鼓动他，此时的益生股份，业绩表现着实了得：

2007年、2008年和2009年的主营业务收入分别为29338.46万元、33233.62万元和36547.96万元。占营业务收入占比为100%。

万事俱备，只欠东风。2007年9月10日，山东益生召开了股东会，一致同意以有限公司整体变更发起设立股份公司，变更方案如下：公司截至2007年6月30日，经北京中瑞华恒信会计师事务所有限公司中国注册会计师审计的净资产81585441.43元，按照1∶0.9928的比例折成股份公司股本为8100万股，其余585441.43元计入公司资本公积金；同意设立股份公司筹备委员会，并授权筹委会全面负责公司设立的筹备工作。

2007年9月11日，曹积生等26名发起人共同签署《发起人协议》，一致同意以整体变更形式发起设立股份公司，并确定了各发起人的权利、义务等重大事项。2007年10月4日，发行人召开创立大会，审议通过了关于设立发行人的议案，并选举产生了发行人第一届董事会和第一届监事会。会上审议通过了《山东益生种畜禽股份有限公司章程》《股东大会议事规则》《董事会议事规则》《监事会议事规则》等规章制度，并授权选举产生的董事会全权负责办理设立股份公司的有关事宜。

此时的益生股份，行业地位十分突出。按其招股说明书披露，公司是当前中国最大的白羽祖代肉种鸡养殖企业，截至2009年12月底，公司祖代肉种鸡存栏39.66万套，祖代蛋种鸡存栏10.76万套，父母代肉种鸡存栏26.13万套。2009年公司对外销售父母代肉种雏鸡1222.6万套，父母代蛋种雏鸡504.87万套，商品肉雏鸡3110.76万只。

而且，益生股份是唯一经中国农业部批准，能够同时从美国进口AA+与罗斯308两个国内市场份额最大的肉种鸡品种，并掌握了上述两个品种的相关繁育技术，是我国繁育祖代肉种鸡数量最多、品种最全的公司，公司在祖代肉种鸡引进数量上保持规模优势，且在AA+ 与罗斯 308 两品种的单一规模上均居全国首位。

市场份额上，益生股份 2007 年至 2009 年祖代肉种鸡进口量分别为 16.61 万套、20.9 万套和 27.55 万套，占当年全国祖代肉种鸡更换量的百分比分别为 24.3%、26.42%和 29.43%，市场占有率连续三年排名第一。同期公司分别进口了 3.41 万套、7.21 万套和 7 万套祖代蛋种鸡，占同期全国进口祖代蛋种鸡年更换量的比例分别为 21%、24.79%和 23.94%，市场占有率连续三年排名第一。

根据全世界最大的家禽育种公司美国安伟捷提供的统计数据，美国安伟捷的肉种鸡产品占全世界一半以上的市场份额，益生股份 2009 年引进的祖代肉种鸡占美国安伟捷全世界祖代肉种鸡销售市场的 8.1%，占亚洲市场的 21.5%，占中国市场 38.5%的份额，在美国安伟捷全世界客户中排名第一，并且公司祖代肉种鸡饲养量在世界上位居前列。

在获得荣誉上，益生股份更是让同行艳羡：2004 年首次被农业部等八部委联合认定为“农业产业化国家重点龙头企业”，2007 年再次通过复核；2006 年，被评为“全国畜牧行业优秀企业”，被选为山东省畜牧协会“副会长单位”；2007 年被选为“中国畜牧业协会副会长单位”“禽业分会会长单位”；获得“农业产业化省级重点龙头企业”“山东省优质肉猪育种协作组成员单位”、烟台市人民政府“市区菜篮子工程建设工作先进单位”、山东省工商行政管理局和山东省企业信用协会“省级守合同重信用企业”等称号。

2006 年，公司拥有的“益生”商标经山东省著名商标认定委员会评审，被山东省工商行政管理局认定为“山东省著名商标”。2008 年 10 月，公司被山东省第七届消费者满意单位评审委员会评为“山东省第七届消费者满意单位”。2009 年 5 月，公司被中国畜牧业协会评为“2008 年全国蛋鸡企业 20 强”。

拥有这样非同一般的血统和实力，益生股份冲击上市，就有了底子。

刀光剑影

2010 年 8 月 10 日，益生股份在深圳证券交易所中小企业板上市，首次公开募股。益生股份拟发行 2700 万股，募集 2.73 亿元，全部用于建设 90 万套父母代肉种鸡场建设项目和 4.6 万套祖代肉种鸡场建设项目。

上市，对任何一家企业来说，都是一件大事，甚至是一件具有里程碑意义的大事。益生股份也不例外。曹积生曾说：“上市是一个很重要的标志，是企业发展的平台和方式。上市的内涵是规范化，是一个内部治理的优化，是一种理念的改变，是一种质量的提升，也是我们扩大规模的一种实力——扩大规模没实力怎么行，特别是要借助资本市场的力量实现膨胀式发展、快速发展。”

“那几年，我们董事长天天想、天天谈、天天忙的，头等大事就是这个上市。”益生股份财务部的几个元老一回忆起过去的情形，就无限感慨。

当时，有许多人对公司上市不理解，就说曹积生，“曹总，咱也不缺钱，为什么非要上市？”曹积生说：“没有退路，只有往前走。”现在过去许多年，这些人都理解了，因为他们体会到，上市最受益的，是他们这些中小股东。

“作为中小股东的话，不上市我们一个月可能赚几千块钱，一直都是普通的工薪阶层。但一上市，最起码没有什么后顾之忧了，包括父母养老。从农村来的也不用担心，以前买个房子、弄个房贷还得考虑考虑，两个人中假如一个人下岗了，房贷能不能还上去，都要考虑，现在这些都不用考虑了。包括员工这块也受益，上市公司的员工也好，中层也好，和没上市企业的待遇还是不一样的。”益生股份现董事、副总裁纪永梅当时负责财务，她这样说。

当时，任务最多最重的是财务部门。“上市等于说是考财务。准备期间，证监会不断地提出问题，我们就要按照要求不断地反馈、不断地调整。会计师来审计的时候，一加班就是一个多月，不分白天晚上。早晨，会计师八点半到办公室，我们财务人员住得远，五点多钟就得起床赶早班公交车过来，晚上下班还得把会计师当天提的问题全都消化并准备好反馈资料。早上出门的时候孩子还没醒，晚上回到家孩子已经睡了，整月整月的和孩子都照不上个面。这期间还得抽空做半年和一年报。关键是上市对财务的要求特别高，这对我们来说几乎是一个新课题，有些东西甚至是从头学起，真的觉得好难。经常地挨会计师的批评，有的时候烦了，我们几个就发牢骚，上市这么费劲，我们图什么呢。”

徐淑艳那时刚调入财务部门。她记得 2007 年 3 月，公司进驻了许多会计师，天天晚上加班，他们这些财务人员没少跟着学东西。临近过会的前几天，曹积生他们在“前线”，财务人员在“后方”，“前线”用QQ向她们发回问题，“后方”就刻不容缓赶快回答。特别是上会前的那天晚上，“紧张得如同打仗似的”。她当时因为崴了腿没法上班，打着石膏在家应战，4月11日也就是上会的前一天，烟台特别冷，等忙到第二天天亮才发现忘了开空调，打着石膏的那条腿又麻又冷几乎没了知觉。

曹积生他们这些主帅呢？在“前线”也是一点儿不轻松。

上会那天是2010年4月12日，当天安排了三家，其中烟台两家。当时益生股份的保荐人说，今天如果大家都过了，鼓鼓掌，如果是咱过了人家没过，就低调点，别鼓掌了。到宣布的时候，烟台的另一家就没过，而山东益生种畜禽股份有限公司有条件通过，在场的许多人，眼泪一下子哗哗流了下来。

现场静悄悄的，一张椭圆形的桌子，材料堆了一摞一摞，各家的材料各家自己去收拾。纪永梅把材料装起来，拎着出门，那时候也不感觉沉了。她在前面拎着两个袋子走，曹积生从后面赶上来了，一把接过去，呼呼地就走，到饭店去请客。大家欢欢喜喜的，心头一块大石头落了地。

在北京那会儿，曹积生说过一句话，让在场的许多人记忆深刻。他说，这个企业就是我的生命，如果谁危及我的生命，那我对谁是不会客气的；对上市，我没想过退路，不成功便成仁。

一些在过会现场的人回忆，整个对益生股份的质询过程，几乎成了曹积生一个人的演说现场。

上市，对参与的每个人来说，经历下来都像蜕了一层皮。而对曹积生等核心高管来说，则是经历了惊涛骇浪，近于九死一生。

畜牧企业上市背后

益生股份登陆资本市场，实至名归，实际上顺应了产业发展和资本市场发展大势。

近年来，资本界愈发关注我国的养殖行业，业内巨头泰森、正大，业外各类投资商及世界银行等均以不同方式介入畜牧养殖业。同时，国内一些发展较快的大型畜牧企业也主动试水资本运作，上市融资似乎即将呈现一片繁荣。在已经上市的农业企业中，家禽养殖企业则是初露头角。自 2008 年肉鸡行业第一股民和股份上市后，圣农发展、华英农业、益生股份等纷纷跟进，且均处于稳定上升的态势，成为中国资本市场一道亮丽的风景。

上市对于企业发展的帮助，直接体现在企业业绩的提升上。同时，企业管理者们也逐渐认识到，上市不仅对于企业发展起到促进作用，还间接提升了家禽行业的整体发展水平。曹积生曾说："越来越多的家禽企业上市，必将有助于我们整个行业的规范运作。"

他认为企业上市是必然之举。"家禽企业上市，对于企业自身，对于整个行业而言都是有重大意义的。就企业自身而言，发展到一定程度之后必须要上台阶，上市就会成为必然，否则企业无法进一步拓展，只能原地踏步了；同时上市本身也是对企业发展所取得成就的一种认同和肯定。而放到整个行业来说，企业上市是行业成熟的一种表现形式，如果一个行业上市企业少，那么意味着这个行业的发展还很不够。

就我们家禽行业来说便是如此，目前许多企业还处于原始积累的阶段，这对于行业发展而言远远不够。”他如此坦言。

他深刻认识到，企业上市最重大的意义在于能够有效地帮助行业建立起一套规范运作的体系。“企业上市之后，就会在一个更大、更加公开的平台上运作，要直接面对市场、社会和股民。在一个规范化的平台上运作，必然要求企业规范企业行为，由此带动整个行业的规范化。”他认为规范尤其会给企业领导人提出新的要求，并会具有一定的制约性，但是如果没有这种制约，缺少监督和好的制度，企业领导人就不会在经营理念上发生转变，企业也就不会进步。

资本市场在农村金融发展中的作用越来越重要。近年来，国家各部委也很关心包括家禽企业在内的涉农企业的上市问题。证监会将重点支持符合条件的涉农企业到股票主板市场、中小板市场和创业板市场上市融资和再融资，并进一步拓宽和增加涉农企业融资渠道和融资来源。

由此可见，农业企业的上市问题已经在国家层面获得重视，并且已得到政策、经济等各方面的扶持。对于希望上市的家禽企业而言，这绝对是一大利好。

益生股份所在的山东省对农业企业上市的支持力度尤其大。早在2008 年，山东省就出台了促进农业产业化龙头企业和农产品加工业平稳较快发展的支持、扶持措施，以鼓励支持龙头企业上市融资。对于进入辅导期的拟上市企业，政府一次性给予费用补助和奖励 50 万元，实现上市后再给予费用补助和奖励 50 万元。这一举措无疑大大增加了企业上市的动力。

烟台三家肉鸡企业上市，就是这种政策推进的明证。

尽管外部条件充足，企业上市仍旧需要完成大量的准备工作。企业家们非常清楚，如果盲目上市，实施力所不及的跨越式发展，其结果只能是灾难性的。益生股份上市，就是充分考虑了这一点，企业上市前早就步入了稳健发展期，且企业在白羽肉鸡种源供应领域的竞争力已经十分明显，团队、技术都日趋成熟，这种情况下，企业上市就成了一种充分而必要的选择。

除了上市之前的准备工作以外，对于上市之后可能遇到的各种风险，企业也需要有心理准备并做好应对措施。不少专家在谈及家禽企业上市的问题时，就着重提出了风险的问题。他们认为，许多企业选择上市的方式融资，本身也是农业企业自身的弱势所决定的。农用土地无法抵押，这就造成了农业企业无法通过大量银行贷款的方式获得融资。相对而言，通过上市的方式融资就容易得多。

不过，许多问题也随之而来。一方面，股市的大环境对于企业上市有重要影响。在近几年大环境并不景气的情况下，上市其实并不是一个非常好的选择。即便企业自身发展良好，有一些适合上市的项目，在上市之后还是有可能受到股市波动的影响。其次就是市场因素，一旦原料价格走高，或者市场不景气造成产品售价走低，也会对上市企业产生直接的冲击。第三，对于家禽养殖企业而言，各类禽病是对企业造成伤害的最大因素，也是企业抵御风险的重中之重。

对此，曹积生自己有很深的体会。他认为上市企业做好风险抵御工作，首要任务就是要严格防控各类家禽疾病。以益生股份自身为例，他提到的三点，对于其他企业做好疾病防治工作同样具有指导意义。

首先，益生地处胶东半岛，周围环境较好，对于防御各类禽病而言，是一个天然的优势。这意味企业在选择各类场址时要做足工作，充分考虑环境因素。

其次，益生拥有一套不错的班子。公司主要的几个核心领导都是“文革”之后的第二批大学生，也都是兽医学专业出身，因此在专业和技术领域十分过硬，对于鸡场的选址和疾病的预防经验颇丰。这实际上就是要有过硬的专业团队。

最后，益生目前正在走高成本扩张的路线，通过引进先进的技术与设备，充分保障了家禽的营养健康。

至于由于市场带来的风险，曹积生认为企业无法决定市场，企业唯一能做的就是努力做好自己的工作，做强企业，提高产品的质量，同时尽可能地降低生产成本，最大限度地减少风险可能带来的损害。

在他看来，风险是客观存在的，企业不可能让风险消失，但却可以最大程度降低风险。对于一家上市企业而言，能否预见并抵御风险，是判断企业能否成熟发展的重要指标。

“鸡群”效应

一花独放不是春，百花齐放春满园。

现代产业的竞争早已不是企业与企业之间的竞争，而是区域与区域的竞争，区域产业集群与产业集群之间的竞争。在一定区域内如果没能形成集群效应的产业，除非是新兴产业，否则很难在高强度的现代竞争中幸存下来，早晚是被淘汰的命运。

“鸡群”在烟台早已是一个集群的存在，而且此产业集群正呈井喷之势，在全国占据越来越重要的位置。

产业集群是指在特定区域中，具有竞争与合作关系，且在地理上集中，有交互关联性的企业、专业化供应商、服务供应商、金融机构、相关产业的厂商及其他相关机构等组成的群体。包括由于延伸而涉及的销售渠道、顾客、辅助产品制造商、专业化基础设施供应商等，政府及其他提供专业化培训、信息、研究开发、标准制定等的机构，以及同业公会和其他相关的民间团体。

因此，产业集群超越了一般产业范围，形成特定地理范围内多个产业相互融合、众多类型机构相互联结的共生体，构成这一区域特色的竞争优势。产业集群发展状况已经成为考察一个经济体，或其中某个区域和地区发展水平的重要指标。

从产业结构和产品结构的角度看，产业集群实际上是某种产品的加工深度和产业链的延伸，在一定意义上，是产业结构的调整和优化升级。

从产业组织的角度看，产业群实际上是在一定区域内某个企业或大公司、大企业集团的纵向一体化的发展。

如果将产业结构和产业组织二者结合起来看，产业集群实际上是指产业成群、围成一圈集聚发展的意思，也就是在一定的地区内或地区间形成的某种产业链或某些产业链。

产业集群的核心是在一定空间范围内产业的高集中度，这有利于降低企业的制度成本（包括生产成本、交换成本），提高规模经济效益和范围经济效益，提高产业和企业的市场竞争力。

从产业集群的微观层次分析，即从单个企业或产业组织的角度分析，企业通过纵向一体化，可以用费用较低的企业内交易替代费用较高的市场交易，达到降低交易成本的目的；通过纵向一体化，可以增强企业生产和销售的稳定性；通过纵向一体化，可以在生产成本、原材料供应、产品销售渠道和价格等方面形成一定的竞争优势，提高企业进入壁垒；通过纵向一体化，可以提高企业对市场信息的灵敏度；通过纵向一体化，可以使企业进入高新技术产业和高利润产业等。

产业集群有这样几个特征。

其一，每个地理区域的大部分企业基本围绕统一产业，或紧密相关产业，或有限的几个产业从事产品开发、生产和销售等经营活动。

其二，产业内部企业之间具有某个或某几个显著的产业特征作为连接，产业内部企业之间实行专业分工。

其三，通过集群成员之间供需关系的连接，实现采购本地化，形成整个集群的成本优势。

其四，产业内部的单个企业绝大部分属于中小企业，规模不大，但是整个集群却具有显著的规模优势和很高的市场占有率。

其五，集群产品销售具有极强的市场渗透力，部分集群在发展过程中形成了产业集群和地区专业市场互动发展的局面。

其六，集群的形成路径很明晰。从自发起步，依靠当地一批精英带动，逐渐形成某一种产业雏形，当形成一定气候后，政府部门再给予适当扶持，不断培育和发展其成为具有当地规模的中小企业集群。通过竞争来提高和促进集群产业的效率和创新，从而推动市场的不断拓展，繁荣区域和地方经济。

其七，集群企业具有明显的学习效应。一个企业的成功往往会带动一大批具有分工合作关系的企业产生，其学习效应呈裂变式扩张。龙头企业的眼光、高度往往决定了这个集群的发展速度与高度。

全国肉鸡看山东，山东肉鸡看烟台。在白羽鸡行业，烟台可谓一枝独秀。烟台市农业农村局的统计数据显示，2018年全市商品肉鸡出栏达到2.86亿只，全市存栏祖代肉种鸡35万套、父母代肉种鸡767万套，分别占全国的35%和25%。产业化经营方面，全市建成省级以上肉鸡加工龙头企业10个，肉鸡产业化率达到100%。目前，烟台拥有益生、民和、仙坛3个肉鸡上市企业，占全国肉鸡上市企业的3/4。肉鸡产业已经成为烟台第一大畜牧产业。

烟台白羽肉鸡产业的区域化布局十分合理。肉鸡三大上市企业，论地理位置，益生靠近市区，民和在蓬莱，仙坛位于牟平，养殖辐射区域叠加起来，在“鸡冠”顶上呈扇形分布。这个肉鸡产业版图，既是自然形成，也有人为引导的因素，点、线、面、网搭配合理。

肉鸡三大上市企业分别位于产业链的上游、中游和下游。益生位于产业链的上游，肩负着保证国内种源供应的重任，不仅在国内率先引进曾祖代白羽肉种鸡，还是亚洲最大的祖代肉种鸡饲养企业，其祖代肉种鸡饲养规模连续十余年全国第一，父母代肉种鸡养殖规模位于国内前列。民和位于产业链的中游，主要饲养父母代肉种鸡，对外供应商品肉鸡苗。仙坛位于产业链的下游，以公司+基地+农场的“九统一”饲养模式引领行业发展。

烟台白羽肉鸡产业的专业化布局也日趋合理，严格限制肉鸭等水禽生产，有效避免了高致病性禽流感的传播蔓延，保障了肉鸡产业的健康发展。标准化生产不断扩大，全市3000多个肉鸡场全部实现标准化规模养殖，有80%以上的肉鸡场采用了多层平养技术。

养殖密度科学合理，龙头企业均衡分布，产业链条有序配置，这样的独树一帜被行业内称为“烟台模式”。

如今，烟台白羽肉鸡已是一个响当当的品牌，真正称得上是‘顶天立地”。“顶天”，是指与国际优良品种、先进养殖技术、高端加工设备接轨，真正高大上；“立地”，是指因地制宜谋发展，连接万千养殖户和广大消费者，创新本土养殖模式，开发适宜中国人舌尖需求的消费食品。

发力多元化

益生股份的多元化由来已久。曹积生及其管理团队以其敏锐的市场嗅觉，通过不断实践，走出了一条规避单个产品市场风险的有效途径，在整个养殖行业内成为标杆，表现出极强的抗风险能力和发展潜力。

这种多元化可简单概括为：以“种”为核心，经营逐步多元化——公司以畜禽良种为核心竞争力，从祖代肉种鸡、祖代蛋种鸡、父母代肉种鸡养殖起步，逐步涉及原种猪、祖代猪、饲料、高产荷斯坦奶牛、牛奶加工、有机蔬菜等领域。每做一个，就成功一个。

2000 年是益生股份的多元化经营元年。益生股份祖代肉种鸡进口量达 4.5 万套，一跃成为全国第二大进口商。

除此之外，益生股份开始在其他畜禽养殖产业上布局。

先说养猪。2000 年成立了益生双肌臀原种猪场，从加拿大引进双肌臀原种猪，与法国伊彼得公司引进并联合培育长白、大白、皮特兰和杜洛克原种猪，使种猪质量达到国际领先水平，原种猪场也成为全国猪联合育种协作组成员单位和国家生猪核心育种场遴选单位，2010年被农业部确定为“国家级标准示范场”。

再说养牛。2001年，益生股份子公司——山东荷斯坦奶牛繁育中心有限公司成立。这是农业部定点良种奶牛示范场，是山东省唯一以进口优质高产奶牛为核心群的奶牛场。

2005年，公司旗下又一子公司——烟台益生源乳业有限公司成立，一经成立便凭借其品质优良的纯鲜奶、酸奶受到越来越多消费者的青睐。

益生股份这样做，也并未脱离主业。比如养猪，做的仍是育种。益生股份原种猪场坐落于烟台市经济技术开发区潮水镇，三面环山，一面靠海，环境较好，生物安全管理体系较高。是国家级核心育种场之一，与法国海波尔实行联合同步育种。2013年，原种猪场通过农业农村部严格的遴选，被认定为国家生猪核心育种场。2018年，原种猪场通过五年一次的核验，再度获得国家生猪核心育种场称号。

该种猪场曾祖代新法系能繁母猪存栏800余头，包括新法系大白以及新法系长白种猪，每年向外提供纯种种猪6000余头，主要有纯种新法系大白以及新法系长白。益生股份原种猪场的种猪育种主要由4名持证上岗技术人员负责种猪的性能方面的测定及选育。育种程序极为严格，所繁育出的种猪具有繁殖性能好、生长速度快、体型大等优点，其中PSY达26头，在21天断奶时均重在7公斤左右。

除了育种方面比较重视，公司也特别注重猪的健康。除益生股份原种猪场较好的自然环境对猪场的生物安全较为有利外，公司专业从事疫病防疫工作的专业兽医师有4人，使用的是一些国内外知名品牌的疫苗，并且工作人员比较稳定，大部分都是在猪场工作达十年以上的工作人员。这些条件及个人的全心努力下使得猪场的猪群始终保持猪瘟阴性、伪狂犬阴性及蓝耳阴性的高健康水平。

“非洲猪瘟”爆发后，益生股份原种猪场的种猪都处于比较畅销的状态，产品供不应求，2019 年底前的种猪合同，主要是供给大型养猪集团，产品销售一空。

在近年较为严格的环保政策影响下，益生股份原种猪场所在地环保要求严格，这对猪场的粪污排放要求也是比较高。粪便用异位发酵床处理制作有机肥，当日产当日进入处理车间；污水经过厌氧和好氧等一系列的降解处理，达标灌溉核桃园，有专人负责。

随着国内市场对猪肉制品需求量增加，随着猪肉价格不断攀升，益生股份加大了对种猪繁育的促进力度，不断扩大产能，以期在新一轮的“猪周期”中，获得产业竞争优势。

“还胶东人民喝原奶的权利”

在益生食堂，招待客人的大多是自家产的绿色食品。配备的鲜牛奶、酸奶是益生自己生产加工的产品，喝过的客人都会跷起大拇指点头称赞。可以说，在烟台，这种牛奶人见人爱。

事业越做越大的曹积生，始终没有放下对家乡父老的牵挂。多年来，他心里一直埋藏着一个愿望：“还胶东人民喝原奶的权利！”曹积生的办公桌上永远会有一瓶鲜奶，外包装也一直印着他的这个愿望：“还胶东人民喝原奶的权利。”他在时时提醒自己，尽快把这个愿望变成现实。

为此，曹积生开始了新的布局：从源头入手，建立全产业链。

益生股份乳品业务分为两部分：山东荷斯坦奶牛繁育有限公司引进饲养优质高产的荷斯坦奶牛，采用先进的饲养管理方式，繁育优秀奶牛良种，生产高品质牛奶；益生源乳业以优质原奶为原料，采用先进的生产工艺，加工生产巴氏杀菌乳、发酵乳等产品，销售给大众消费者。

这里所提的生产牛奶的公司叫烟台益生源乳业有限公司。该公司系益生股份独资建立，成立于 2005 年。自成立以来，曹积生就坚持一个战略理念，那就是让家乡的父老乡亲不仅每天能喝上鲜牛奶，而且是原汁原味的放心奶。

在这一理念引导下，益生源乳业从源头上把好“原奶关”，并依靠先进的科技力量，先后开发出新鲜、营养、健康的益生奶系列产品。益生源乳业加工基地位于烟台市福山区回里工业园，拥有两条国内最先进的巴氏杀菌乳生产线，日可处理生鲜牛奶 120 余吨。目前，益生源乳业公司被列入烟台市菜篮子工程指定的乳制品定点生产企业，烟台市食品协会推荐放心奶产品。

乳业的发展，内在还是靠原种引进和科技研发做支撑。自建立至今，益生股份从美国、澳大利亚、新西兰等引进高产荷斯坦奶牛，在牟平区水道镇建立起占地 300 多亩，拥有 2500 头核心母牛群的益生牧场，日提供鲜奶 24 吨。

喂饲奶牛精料由益生饲料厂从美国进口苜蓿草和青贮的玉米秸秆加工而成，保证原奶中营养物质均衡。奶牛场采用全封闭式管理，由市畜牧局兽医官监管。机器榨乳，防疫严格，杜绝人畜共患疾病的交叉感染，这样就从源头上控制和保证了原料奶的质量。

“原奶”进入乳品加工基地后，化验室首先要打耙取样，各种指标检验合格后再进入收奶环节，通过净乳—杀菌—罐装等程序，最后进入 2 ～ 6℃的冷风库暂存，整个生产流程属全自动控制，完全避免和人、空气的接触，更卫生、安全。目前，益生源乳业公司生产的产品分几大系列：益生纯牛奶系列、益生酸奶系列、盈宇益生奶系列，在市场上供不应求。

“成就消费者至爱乳制品”“用良心去做产品，用良心对待消费者，用良心对待员工，用良心回报社会”，在这样经营宗旨的指导下，目前，全烟台共有 50 多万人使用益生乳制品。按曹积生的理念，烟台益生源乳业有限公司将始终坚持用严苛的产品质量去诠释“为家人打造的好奶”这一理念，用心去对待客户。他们有覆盖全市六区的专业配送队伍，全年准确及时地配送，保障客户走下楼就可取到益生奶。

如今，除了便利店、社区中小超市、奶摊，益生乳制品更是走进了佳士客、振华量贩、大润发等各大超市，让市民随时、随地、随处都能买到益生奶。

很有意思的是，烟台市很多政府部门和企事业单位都订购益生乳制品，当作给职工发放的一种福利。他们的理由，无一例外都是益生乳制品喝起来“自然纯香”“让人放心”。

曹积生把他所做的这件事当作一种社会责任。他常念叨的话是，“质量在我手中，顾客在我心中”“以科技求发展，以优质安全的乳制品、真诚的服务，不断地创新，满足顾客需求”。

易被忽略的"艰难"

"成功的花儿，人们只惊羡她现时的明艳，然而当初她的芽儿，浸透了奋斗的泪泉，洒遍了牺牲的血雨。"别看益生股份上市了，但说起企业上市之前的那些坎坷与磨难，曹积生却有着比常人多得多的体会和感叹。

他说："回首这些年白羽肉鸡行业走过的道路，是在曲折中不断摸索、不断选择、持续前进的过程。从我自己的角度来看，现在行业发展势头良好，这是阶段性发展的必然结果，它与这些年行业及企业居安思危、临危不乱是密不可分的。"

他说："三十年来，可以说几乎每时每刻，我心里都紧绷着一根弦——生怕鸡群发病，一直希望鸡群千万不要发病，也采取各种有力措施来减少鸡群发病。当然，一些风险有着人为不可控的一面，如 1998 年亚洲金融危机、2003 年非典、2004 年至 2006 年禽流感、2013 年以来的 H7N9 疫情等风险，给白羽肉鸡行业发展造成重大损失，尤其是 H7N9 疫情使得一些企业濒临破产，甚至停业、倒闭。"

他说："通常来讲，风险与机遇同在。我一直在思考，这几十年来，我们已经控制住了哪些人为可控的风险因素？抓住了哪些发展机遇？未来，我们能够控制好哪些人为可控的风险因素？怎样把握发展机遇？我觉得，生物安全措施实实在在落地尤为重要，且基于此，如果最大限度把自身可以掌控的风险因素掌控好，把自己擅长的业务做得更好，行业就会得到健康发展，企业亦会取得持续进步。”

这话说来沉痛。但要真的论起来，2003 年至 2006 年期间接连发生的事，既是企业发展的危机，也是企业发展的转机，益生人把风险转换成了不断壮大并最终实现上市的机遇。

当时，经过几年高速度发展，益生股份饲养规模越来越大，逐渐在市场上站稳了脚跟。但 2003 年来了一场“非典”，2004 年至 2006 年来了一场禽流感，且持续多年，各种负面影响不断爆发，重创家禽养殖业，给广大消费者造成恐慌，养殖户纷纷倒闭，行业巨头引种量骤然下降。

“我们当时的情况也很严重，销量和市场价格均降低到平常的一半，企业现金流吃紧。”提起当年的惨状，曹积生唏嘘不已。

但曹积生就是曹积生，曹积生的英明，更体现在他自己的企业对禽流感的应对上。凭借曹积生明锐的市场洞察力，益生股份在整个行业一片萧条之时逆市扩张，企业存养量由原来的 1 万余套提高到 7.6 万套。他没有像其他同行那样大规模关闭鸡场，而是逆流而上，一边大规模的改造鸡场，甚至把学校的教室、部队的厂房都租过来改一下养鸡，一边四处到金融机构筹钱大举进口祖代鸡苗。他的思维是，“你进我退，你退我进”，别人倒闭的机会就是益生股份发展的机会。

的确，禽流感流行，养殖户对行业很绝望，社会上更是谈鸡色变，很多人不再敢吃鸡肉，甚至连鸡蛋都不敢吃了，肉鸡在市场上根本就销不动。对此，曹积生感叹：“困难最大的时候也就是禽流感期间，也正是禽流感成就了我。没有一个大的变化，就凸显不出一个人。在饭店连点鸡类菜品的都没有，大家都以为吃鸡能够传染，所以不敢吃，2003 到 2006 年是最困难的时期。没什么方式，只有坚持到底，才能成功。有胆量挺过这个风波，才能明白后面是什么，要是看不到后面，就看不到黎明。”

2006年5月28日，山东省开畜牧博览会，当时对“禽流感”正炒得沸沸扬扬，有消息说全国共有141个人因感染“禽流感”而死亡。曹积生是三名发言者之一，他嗓门大，而麦克风搁得远，他走上台后直接把话筒拿过来，开始发声：大家看一看，从报道来看，140多个人中有几个是在农贸市场看见鸡以后就得“禽流感”死了，如果是这样的话，行业内间接和直接的从业人员，全国就有7000多万，如果说感染了禽流感而死，那也是这些人先死啊，所以，这是胡说八道，纯属炒作。他预测下个月市场就会迅速好转。

山东省畜牧业几位主要领导当时就在台下坐着，曹积生的话一下子把现场气氛调动了起来……

果然，2006年6月30日以后，行情开始好转，因为在行业内打下了良好的信誉基础，并积累了丰富资源，益生股份收到来自全国各地区的订单，迅速异军突起，站到了同行业的前列。

2007年，曹积生曾发表过一篇文章《对2007年肉鸡市场的几点看法》，系统地阐述过他对肉鸡市场受到各种疫情冲击的看法，提出企业界要吸取教训，理性应对竞争。

在这篇文章中，他说：“过去的几年里，我们行业虽深受禽流感恐慌影响，但在广大业内人士的共同努力和奔波下，也使得我们可以更加乐观地估计2007年白羽肉鸡的市场行情。”

他指出，肉鸡市场行情的主要影响因素是市场需求和供种总量，因为二者是决定供需关系的基本因素。从市场需求来看，第一，经济发展是市场需求的巨大拉动力。关于白羽肉鸡市场需求的增长与否，从其产业形成的历史来看，本身就是城市化进程和经济高速发展的产物。20 世纪 80 年代肉鸡分割技术的发展，使得肉鸡行业伴随快餐业迅速成长了起来。因快餐业是现代城市化生活中的重要消费模式，从而使得鸡肉市场需求与经济发展水平紧密相关。

他指出，由于行业产品的供不应求，2007 年肉鸡行业可以在一个相对稳定的市场环境下得到发展。但种禽价格的提高也会给一条龙企业带来更高的成本控制要求，这需要企业不断提高自身生产专业化水平和管理水平。企业在专业化生产和管理上的竞争，对整个行业而言，无疑是有利的。可见，行业的长期健康发展，最重要的是种禽供种总量的有效调控。

文章最后，他语重心长地说，虽然我们可以通过往年的引种总量预计 2007 年的市场行情，但如果我们 2007 年仍不吸取教训，遇到好行情，又蜂拥引种，那么，恐怕行业在短暂的恢复之后，又可能后退到竞争混乱，整体生产力水平提高缓慢的局面。因此，我们在预计未来市场行情的同时，更重要的是吸取教训，做好今天需要我们做的事情。在国家和行业协会联系各大企业，有效调控引种总量的基础上，不仅是把企业做大，更重要的是把企业做强。只有如此，行业才能得到长足发展，也只有这时的行情，才是真正的好行情。

这篇文章，在当年的畜牧养殖界，具有振聋发聩的作用．其观点被许多业内人士多次引用，而曹积生“神预测”的名声，也自此开始广泛传播。时至今日，河南肉鸡养殖业的一位老板谈起曹积生，还时不时跷起大拇指，他对曹积生的评价是，在没有人敢于站出来为业界发声时，曹积生站了出来；在几乎所有人都为“禽流感”以及“禽流感”横扫过后的市场走向感到迷惘时，又是曹积生，以自己深邃的洞察力和超前的预测力，为整个行业拨开了迷雾，指明了方向。

上市后的益生赶上了一轮好的市场行情，进入了快速发展期。但好日子没过几天，2012 年，媒体又开始报道“速生鸡”的问题，2013 年，“禽流感”问题再次袭来，而且是层层叠加，让企业苦不堪言。

这一次，曹积生依然没有退缩，而是勇敢地站出来，承担起“社会责任”，仗义发声。因为在行业协会内担任着领导职务，他联合协会其他人动员了 1000 名企业家、专家联名向中央领导写信，倾诉行业损失，希望对“禽流感”的社会叫法更名。由他本人直接联系的人就有 503 名。

2015 年 5 月 11 日，国家有关部门通知，将“禽流感”的社会名称更改为 H7N9 流感病毒，主流媒体宣传时要用这个专业名称。

在曹积生看来，没有不倒的企业，只有不倒的行业，只要挺住，前面就是阳光——他的这种忍耐力和乐观精神，也许正是许多人所缺乏的一种最基本的素质。

净化战略

在中国，企业家经营企业时时刻刻会有一种如履薄冰的感觉。作为畜牧上市企业的掌门人，曹积生的这种感觉更为强烈。他有一个心结，就是害怕鸡生病。

“几乎每天每时每刻，心里都紧绷着一根弦——生怕鸡群发病，一直希望鸡群千万不要发病，也采取各种有力措施来减少鸡群发病。”

通过引进先进的技术与设备，充分保障了家禽的营养健康。不过，从根本上讲，这么多年，他一直将企业的产品质量做到了极致。

为此，益生股份始终坚持三个原则：一是坚持祖代肉种鸡不换羽；二是实施种源净化；三是以数量换质量，为品种供应提供保障。

事实上，早些年，益生股份就加大研发投入，致力解决肉种鸡主要疫病净化问题。2004 年，在国际知名禽白血病首席专家、山东农业大学教授崔治中的亲自指导下，益生股份投建成立了山东益生畜禽疾病研究院，组建了一批兽医专业的人才，包括三十多名本科生、硕士生、博士生。

通过这些年的建设，研究院在科研成果方面取得丰硕成果，极大地推动了益生股份在种鸡主要疾病净化方面的进展。在崔治中教授的主导下，由山东农业大学、扬州大学、益生股份共同完成的《禽白血病流行病学及防控技术》项目成果，荣获 2011 年度国家科技进步奖二等奖。

经过十余年的研发和实践，益生股份在肉种鸡疫病净化方面已取得初步成效。2018 年，益生股份的祖代肉种鸡十八场被确定为国家禽白血病净化示范场，成为首家通过此认定的白羽肉种鸡企业。牵头承担了国家科技部“十三五”重点研发计划：“畜禽重大疫病防控与高效安全养殖综合技术研发”重点专项“优质肉鸡高效安全养殖技术应用与示范”项目，成为 2018 年度畜牧兽医领域的 24 个重点研发计划中仅有的两个由企业承担的项目之一。

2019 年 5 月，全国第一个白羽肉鸡主要疫病区域净化示范区建设项目落户山东烟台，由益生股份承担建设，此建设项目由中国动物疫病预防控制中心发起，山东省畜牧兽医局、烟台市人民政府和益生股份共同承担，山东农业大学提供技术支持，亦是全国第一个家禽疫病区域净化项目。

这一项目的实施，将探索主要鸡病净化示范区的建设模式，主要针对“两白”与“两 M”，即禽白血病 (AL)、鸡白痢 (PD) 和鸡毒支原体 (MG)、滑液囊支原体 (MS)，还有禽流感 (AI) 和新城疫 (ND) 共 6 种疫病的净化。益生股份在各方支持下，结合自身疫病净化成功经验和科研院所技术支持，将完成白羽肉鸡主要疫病区域净化示范区的建设任务，最终形成可复制可推广的主要疫病区域净化模式，在山东省乃至全国主要疫病净化工作中发挥推动、示范和引领的作用。

比较来看，白羽肉鸡父母代疫病净化实施和净化水平的维持均比较难，而益生股份有实力、有能力，更有责任持续为市场提供优质种苗，曹积生本人对肉种鸡疫病净化战略实施信心十足。

不过，曹积生同时又觉得，在疾病大环境方面，中国较欧美等国家显得更复杂一些。因此，国内肉种鸡的疫病净化不能照搬国外的一些做法。要下功夫先把自身所在的小环境的生物安全措施做好，并积极参与推动改善小环境周边的环境。

实践证明，自益生股份实施净化战略以来，从曾祖代、祖代、父母代，疫病净化水平维持均较好，特别是在 MS、MG 的净化水平维持方面。在小环境的生物安全保障措施方面，他们实行从领导到员工的全员行动，全方位深入推进，从公司研发、生产、运输等各个环节以及员工生活细节抓起，将权责、职责落实到人、到岗，严管严查，追究问责。

比如，他们针对各代次鸡舍地面、垫料，按照净化标准对其进行沙门氏菌等致病菌含量的检测和监测。再比如，在员工的平常工作和住宿方面，他们加大投入改善防御系统和环境条件，员工进出场区和鸡舍，每天一双鞋、一身卫生防护服，并将员工宿舍床具、生活用品全部更新，加强卫生管理和清洁工作。外人走进益生股份任何一个养殖场，仅那些烦琐的清洁程序，就让人感到似乎进的不是一家养殖场，而是一家生产芯片或其他高精尖产品的高科技公司。

事实上，益生股份就是一家高新生物技术企业，它稳稳站在畜禽良种的金字塔尖上，熠熠闪光。

扩张与产业链延伸

上市之后，尽管仍然没有摆脱行业波动性的影响，但社会资本的介入让益生得以横向扩展父母代肉种鸡雏鸡和商品肉鸡雏鸡的生产规模，使公司生产能力和市场份额得以提高和扩大；纵向延伸公司的业务链条，向上延伸至曾祖代代次，使公司产业延伸战略和经营规模扩张战略得以实现。

2012 年 4 月，子公司——江苏益太种禽有限公司成立。

2012 年 8 月，益生股份与山东民和牧业股份有限公司、黑龙江省北大荒肉业有限公司、青岛康地恩实业有限公司等公司共同出资设立参股子公司北大荒宝泉岭农牧发展有限公司。

2012 年 10 月，益生股份设立宝泉岭分公司。

2013 年 8 月，益生股份设立控股子公司——黑龙江益生种禽有限公司。

2014 年 2 月，益生股份与中粮肉食（宿迁）有限公司签署《资产租赁合同》，租赁该公司位于宿迁市宿豫区的孵化场和 9 个种禽养殖场。

2015 年 2 月，益生股份全资子公司烟台益生投资有限公司注册成立。

2015 年 8 月，益生股份控股子公司山东益吉达生物科技有限公司注册成立。

2016 年 5 月，益生股份全资子公司山东益生生物肥料科技有限公司注册成立。

2016 年 8 月，益生股份与中红普林集团签订合作协议，成功租赁红普林集团的 6 个种鸡场和 1 个孵化场，成立河北益生种禽有限公司。

2016 年 11 月，益生股份引进哈伯德曾祖代肉种鸡，结束了我国祖代白羽肉鸡全部依赖进口的历史。

2016 年，山东益生畜禽疾病研究院业务扩展，更名为山东益生畜牧兽医科学研究院。

2017 年 5 月，益生股份收购参股公司安徽民益和种禽养殖有限公司其他股东的全部股权其成为益生股份全资子公司，后更名为安徽益生种禽养殖公司。

2017 年 7 月，益生股份控股子公司山东四方新域农牧设备有限公司注册成立。

2017 年 8 月，益生股份引进伊莎粉祖代蛋种鸡，为国内增加了新的蛋鸡品种。

2019 年 7 月，益生股份成功收购烟台益春种禽有限公司，使之成为益生的全资子公司。

2019 年 7 月，益生股份与黑龙江省八五二农场签订合作协议，成立黑龙江益生种猪繁育有限公司，公司不断扩展种猪规模。

上市，的确让益生股份的发展如虎添翼。

本着引种量不减、产能扩张有序的原则，益生股份逆势并购，优化布局，提升份额，着眼未来：通过收购祖代肉种鸡饲养项目的控股股权，有效巩固和扩大公司生产能力和市场份额，优化家禽养殖区域布局，实现公司产业延伸和经营规模扩张战略，为提升中长期市场份额夯实基础。

曹积生认为，未来国内肉鸡产业发展空间依然较大，尤其是供应链价值增长的潜力，“壮大肉鸡的发展是我们坚定不移的战略方向，收购烟台益春是我们做强肉鸡产业的一个举措。”

从一定意义上说，各国畜牧业的核心竞争力主要体现在畜禽良种上，而白羽肉鸡良种是肉鸡产业发展的基础。作为国内唯一一家以“畜禽良种”为核心竞争力的上市公司，益生股份一直坚持“祖代肉种鸡不换羽、实施种源净化、以数量换质量”三大原则，为品种供应提供保障。

长期来看，肉鸡养殖行业整合加速，未来大企业间的兼并收购可能常态化，而益生父母代种鸡市场占有率达到三分之一，作为拥有规模和成本优势的行业领袖，有望成为行业整合最大受益者。历史经验表明价格跌得越多，行业洗牌越充分。与此同时，益生持续稳健的扩张将继续扩大市场份额，在一轮又一轮的市场行情中攫取更大的利润。

实际上，上市以后，益生股份制定实施了“上联下延中膨胀”的发展战略。随着战略措施的落地，公司鸡苗业务规模进一步扩大，祖代肉种鸡引种量及存栏量继续稳居行业第一，父母代肉种鸡存栏量也跻身行业前列。

除此之外，益生股份也在双肌臀原种猪、祖代猪、荷斯坦奶牛、畜禽疾病研究院、饲料、乳品深加工等领域加紧布局，形成养殖业全产业链格局，企业抗风险能力大大加强。

“引种”哈伯德

现在看来，益生引种哈伯德曾祖代种鸡的行为，在国内白羽鸡产业的发展中很可能具有划时代的意义。

2016 年 11 月，益生从法国哈伯德公司引入曾祖代，成为国内唯一一家拥有白羽肉鸡曾祖代的养殖企业。打破了国内祖代鸡完全依靠进口的局面。

引种哈伯德曾祖代，除了新增引种渠道外，更重要的意义在于它很可能引发国内白羽肉鸡产业格局的改变。

哈伯德公司始创于 1921 年，迄今已有百年历史。有着百年发展历程的产品一定具有其自身的特色，其中抗病力强是最大特点，非常适合当下被疾病困扰的中国肉鸡市场。

“任何时候，面对任何压力，我的原则是不等、不靠、不迷信。”曹积生对引种哈伯德，有自己的信心，“在行业不规范的养殖环境下，我们一方面坚持祖代种鸡不换羽原则来确保产品质量。另一方面，发挥益生畜牧兽医科学研究院检测技术和设备优势，大力实施种源净化战略，做到无沙门氏菌、支原体、白血病等垂直遗传性疾病，使得产品优势更为凸显。两年来，我们顶住压力，积极进取，目前父母代和商品代客户的反响越来越好，回头客也越来越多。”

目前，全球祖代鸡产能约 700 万套，就国家层面，美、英、法三国产能分别为 180 万套、180 万套和 100 万套，合计占比约 65%；于企业层面，安伟捷、科宝、哈伯德三家育种巨头产能分别为 350 万套、280 万套和 50 万套，占据了全球 97% 的市场份额。源头控制和技术壁垒，是全球祖代鸡行业呈现高集中度的主要原因。

2015 年，国内祖代鸡引种规模的下降，导致产业对 2016 年的行业景气充满了期待。在高度担忧父母代供应不足的情况下，父母代价格一路上扬，最高达到 80 元／套的天价。而对供应不足的一致预期，让国内的祖代、父母代种鸡场都普遍进行了换羽，以求满足下游养殖企业日益上涨的需求。但是，大规模的换羽对整个行业的发展产生了很大的恶果——打破供求平衡，价格下降，更直接导致 2018 年养殖疫病发生率提高，养殖难度加大，养殖成本增加，效益下降，对传统鸡型——罗斯、AA+ 等质量、品牌优势造成巨大冲击。

大规模换羽带来的疾病频发与性能退化，对于中小祖代鸡的产品信誉，是极大的伤害，它们很有可能会因此被客户摒弃，失去生存下去的依据。相反，坚守品质的益生则依靠引种曾祖代，保证了产能供应，严格执行不换羽程序，市场占有率越来越高，而市场集中度的提高增强了其行业盈利能力及盈利稳定性，带来长期净资产收益率的提升。

哈伯德目前正迅速成为国内最重要的白羽肉种鸡品种之一，2018 年其祖代鸡更新量占比突破 35%，父母代超过 30%，哈伯德本来就具有生产成本优势，性价比非常高，国内祖代白羽肉鸡供应不足及换羽带来的品种性能衰退，让哈伯德迅速上位。

在排他性引种安排协议下，益生是哈伯德在国内的唯一客户。而益生的祖代与曾祖代种源也全部是从哈伯德引进，在全年 70 万套的引种中，益生的哈伯德将占有 40% 的市场份额。在祖代供应紧张的大背景下，接受哈伯德，是国内绝大多数父母代种鸡场的现实选择。

当然，一个新的品种引进，难免会面临各种困难。曹积生称，在哈伯德引入国内一段时间后，他们发现种鸡及商品鸡并没有表现出预期的生产性能。公司总结反思后认为，国外的饲养管理方法不一定适合中国。随即，益生技术团队先后赴美国、法国、泰国、孟加拉国等地实地考察，借鉴各地养殖经验，探索问题解决方案；并在公司内部组织专题攻关。

经过两年的不懈努力，益生公司逐渐摸索出一套适合中国市场的完整、成熟的饲养方法，并编制印刷了《益生版哈伯德父母代饲养管理手册》。“这次经历也再次证明了益生团队无论引进什么品种的鸡，都有能力放大产品最佳性能，向市场提交最优秀的产品。”曹积生表示。

在未来的两年中，祖代种鸡产业行业景气度将不断延伸，一方面供给持续紧缩，70 万至 75 万套，还不及国内基本保障的 90 万套；一方面，非洲猪瘟带来的替代性需求将会将其不断推向高位。

而在进口种源依旧紧张的卖方市场下，益生有足够的时间去引导养殖户建立适应哈伯德品种的养殖体系，通过建立养殖习惯培养客户黏性，一般三年左右的时间新的养殖体系就会形成，而体系一旦形成，除非发生大的变故，否则很难被打破，其市场的稳固度极高。

在这种形势下，引种曾祖代哈伯德的意义就凸显出来了。

与之配套的是，近年来，益生旗下山东益生畜牧兽医科学研究院在白血病、白痢及支原体这三类垂直传播疾病的防控方面成果显著，益生产出的父母代、商品代鸡苗也因之更少受到疾病困扰，成活率更高。其自主研发的“禽白血病流行病学及防控技术”项目，年可降低种鸡死亡率 5%，直接经济效益 3 亿多元。

对于山东烟台的白羽鸡产业来说，把握种源，疾控得力的益生一直是一个标志性的存在，其对烟台白羽鸡鸡鸣全国起到了至关重要的作用。

最终决定成败的是产品本身。按曹积生的看法，“对益生来说，引进哪个品种、与哪家公司合作都不重要，因为凭借我们多年的饲养管理经验，渠道成熟、客户认可才是制高点。”

面对未来，曹积生表示，益生拥有净化的曾祖代资源，能够生产足够数量的祖代种群。但公司并不会把生产的所有祖代鸡都养起来，而是在最佳的生产阶段留种，加强选择压，优中选优，进而把最佳的肉鸡性能传递给客户。

面对“鸡价飞天”

2018 年中期开始，白羽肉鸡养殖行业的市场行情和上市企业股价持续上涨。特别是 2019 年，养鸡行业炙手可热，鸡价飞天。A 股中的 4 家白羽肉鸡企业，益生、民和、仙坛、圣农无一例外都实现了大幅增长。一些人据此认为，未来三五年，白羽肉鸡行业的发展空间都会比较大。

面对“鸡价飞天”和行业高昂的看涨热情，曹积生又一次表现得与众不同，他异常冷静，因为他太了解这个行业了，太了解市场行情了，也太了解资本市场了。

就说益生，2015 年之前，受宏观经济及市场环境的影响，国内畜禽市场持续低迷，2015 年 9 月之后，家禽市场产能调整加快，鸡肉价格出现回升趋势。益生股份股价随着大盘节节攀高，一路上涨至 2016 年 8 月。当时益生股价高达 55.9 元／股，但之后又开始下跌，一年多的时间，益生股份总市值从巅峰的接近 180 亿元，跌到 2018 年初的 60 亿元，蒸发近三分之二。

正是这“过山车”一样上上下下的刺激，让曹积生冷静得不以涨喜，不以跌悲。在他看来这次“鸡价飞天”来自供给端的不足，也来自消费端逐年增加的消费力。

正是阶段性的供给不足、需求增加再叠加环保政策、非洲猪瘟导致猪肉缺货涨价等一系列综合因素，才让白羽肉鸡行业出现今年的火热走势，这恰恰又是养殖行业波动的阶段性表现。那么，鸡价能飞多高，能飞多久，能不能持续三五年，都是一个问号。曹积生既对这个行业充满信心，又能保持一颗平常心。他清醒地知道，益生需要踏踏实实一步一个脚印往前走：为了把主要精力放在肉鸡上，就砍掉祖代蛋鸡产业，调整产业结构的布局；为了继续扩大父母代肉种鸡的饲养规模，全资收购烟台益春，使益生父母代肉种鸡存栏量达到 400 万套左右，成为国内单一法人旗下父母代产能最大的企业之一；对白羽肉鸡进行疫病净化，强化生物安全，打造白羽肉鸡最核心的竞争力，用曹积生最朴素、最实在的话说就是“净化、净化、再净化，质量、质量、再质量”。

2019 年上半年益生的营业收入为 14.46 亿元，同比增长近 2 倍；净利润 9.04 亿元，同比增长超过 26 倍。无论是绝对值，还是增长率，益生股份都实现了上市以来的最佳表现。

第三章 跨越发展

品质管理：行业的标杆

在行业中，益生股份专注于畜禽良种的引进、饲养、繁育和推广，是农业产业化国家重点龙头企业，是我国繁育饲养祖代白羽肉种鸡规模最大的企业，凭借公司多年积累的技术与研发优势、品牌与质量优势、区位优势等等多重竞争优势，通过大规模专业化养殖、繁育和推广，以服务营销的意识，向市场供应优良的父母代肉种鸡雏鸡、父母代蛋种鸡雏鸡和商品代肉雏鸡。

经过多年的探索和积累，公司在祖代肉种鸡笼养、选育、人工授精、疫病净化等方面取得了重大突破，父母代种鸡雏鸡母源抗体水平及均匀度、育雏育成的成活率、产蛋率及种蛋合格率、受精率、孵化率、健雏率等指标多年来均稳定于较高水平，生产的父母代种鸡具有均匀度高、成活率高、生产性能好等优点，深受广大客户认可。

其中，种鸡饲养管理技术水平在国内同行业中处于领先地位，主要体现在种鸡规模养殖技术、生产设备、生产指标、产品质量等方面。公司应用的种鸡规模饲养中的几大关键技术，如大规模祖代肉种鸡笼养人工授精技术在世界处于领先地位，育雏育成期体重控制技术、饲料配方的研究应用、养殖技术、疫病防治与净化、饲养环境控制等在国内同行业中保持着领先水平，环境全自动控制系统、负压控制自动通风系统、中央空调式鸡舍加温系统、夏天的水帘自动降温及自动卷帘系统、鸡舍热回收装置的研发生产与运用、季节交换时的纵向与横向通风模式、饲料生产与污水处理等技术水平均在国内处于领先地位。

同时，益生股份建立了涵盖疾病、营养、育种、粪污无害化处理、曾祖代白羽肉鸡的饲养选育、SPF 种源研究、数据汇集处理等多个功能性研发部门，为公司配套了全面的技术体系，快速提升了公司不同品种的技术研究、积累与推广能力。

在疾病预防上，益生股份将种源垂直传播性疾病的净化与控制作为研发重点，对日常生物安全体系的建立与监控，雏鸡质量监测预警体系的建立，支原体的净化与防控等方面进行研发投入，保证公司生物安全和维持产品质量稳定，同时所有的研发成果进行推广应用，为公司的广大客户提供更有利的技术支撑，提高公司产品的附加值。

随着市场的变化，客户结构的变化，益生股份对雏鸡质量和饲养管理细节的要求越来越高。益生股份致力于通过技术会议、兽医／营养／孵化专家服务、现场跟鸡育雏、种鸡饲养关键点回访等多种方式，把益生股份的先进饲养方法、管理理念和配套技术传递给客户，使客户提高生产成绩，让其对公司的产品品种、品牌产生信赖，促进公司与客户之间的良好合作。

业内公认，益生股份在品质管理上有众多出众之处：

2007 年 4 月，益生股份在同行业中率先引入 ISO9001 质量管理体系，将种鸡的引进、育雏、育成、产蛋、饲料调节、体重控制、防疫、免疫、种蛋收集与消毒、孵化、鸡舍的温湿度控制、运输、销售服务等各个管理环节都纳入体系，来保证种鸡质量的稳定，实现了质量生产的可控化管理。

公司将优良的制度固化复制，采取“种鸡未进，体系先行”的运行模式，用制度规范企业行为，锤炼员工素质，树立企业形象，打造企业品牌。

益生股份斥巨资引进詹姆斯威铂金箱体孵化器、种蛋自动收集系统、自动照蛋落盘注射系统等国际领先设备，在环境控制上实现自动化、封闭化管理。首家引进的红外线断喙器经过更新换代，不仅能减轻雏鸡应激，还能进行断喙注射，改善了断喙效果，降低了雏鸡死亡率。

2012 年，益生股份率先在行业内引入全面运营绩效管理系统，该系统的建立，可根据公司的战略规划实现全面预算管理，确定公司组织目标，明确员工职责，实施绩效考核，从而保证公司战略自上而下有组织、有计划地实施，实现资源共享，提高工作质量和效率。

目前，益生股份正在着手将 ISO 质量管理体系与运营绩效管理系统进行有效的结合，把生产到销售的各个环节全面纳入系统，形成完整的闭环管理，真正做到优化管理、提高效率、质量可控，为同行企业的标准化管理创立了新思路。

标准化：引领行业发展的关键

对标准化，曹积生有很深的理解：

“白羽肉鸡行业相比其他行业比较特殊，因为绕不开屠宰厂这个环节。经过这么多年的发展,国内白羽肉鸡已经没有活禽销售这个渠道，都是屠宰分割。无论是企业自己的养殖场，还是农户的养殖场，出栏的白羽肉鸡都要进入屠宰厂加工，而屠宰厂要求标准化，送去的肉鸡尽量按标准来，不然不收。即便是资金很小的农户，与屠宰厂合作后也会签订担保协议，纳入标准化这个体系内。”

在他看来，白羽肉鸡的产业化、标准化、集约化水平高，现代化、自动化程度高，统一的规范化管理，养殖过程可控，生物安全更高，加之母源抗体的早期保护，肉鸡得病概率小，进而减少用药和残留。可控的才更安全，在国内，只要养殖白羽肉鸡，就一定会往标准化养殖方面发展。

的确，白羽肉鸡从生产到屠宰销售的链条非常完整，只要进入这个链条，就必须要在同一个标准内操作。屠宰厂为了确保所收的肉鸡品质，在收鸡、屠宰过程加强检查，一些大型的屠宰企业或肯德基、麦当劳之类的终端还会时不时去养殖场突击抽检。商品代肉鸡养殖要求如此之严，又要考虑降低成本，自动化生产成为必然。

标准化、规模化、自动化、集约化、产业化的白羽肉鸡，是健康的产品，食品安全有保障。且鸡舍设计高级，全进全出管理，废弃物能统一处理，或发酵，或发电等等，排污基本是零。食品安全、环保对标准化的白羽肉鸡本身不是问题。所以，曹积生的观念是："环保对规模场、一条龙企业反而是有利的，可以淘汰落后的产能，一些资金不足的企业也会退出，这样能规范行业，促进行业健康稳定地发展下去。"

2018 年 10 月，益生牵头承担的国家十三五重点研发计划"畜禽重大疫病防控与高效安全养殖综合技术研发"重点专项"优质肉鸡高效安全养殖技术应用与示范"项目正式启动。

对此，曹积生信心满满。他指出，鸡肉有低脂肪、高蛋白的重要优点，在发达国家肉类消费中占首位。中国现在还是猪肉消费第一，但肉鸡养殖现代化、集约化的生产方式，成本极低，而且环保几乎零排放，从发展角度来说，是朝阳产业。

事实上，这个项目就是益生股份实施"标准化"的集成式体现：它针对我国肉鸡养殖效益低下、疾病问题突出、环境污染严重、设施设备落后等瓶颈问题，集成、优化、创新饲料加工与品控、精准营养调控、种鸡垂直传播病原净化、商品鸡早发病和重要疫病综合防控、废弃物无害化处理和资源化利用等关键环节技术，开发功能性饲料、无抗饲料，智能孵化、养殖设备等新产品，建设正压空气过滤 SPF 化种鸡鸡舍，集成、优化网养、层叠式笼养、环保型垫料平养、笼养 4 种养殖模式，建立智能化、标准化、自动化示范场，培训技术人员，示范推广，带动我国肉鸡产业提质增效、转型升级。

本次益生股份牵头承担"优质肉鸡高效安全养殖技术应用与示范"项目，既是国家对企业规模优势、技术基础、行业号召力和品牌影响力的认可，也是企业响应社会需求，努力提供更加健康安全的食品的责任担当。据介绍，本项目获得国家财政经费支持1170万元，是畜牧兽医领域24个重点研发计划中仅有的两个企业承担项目之一。

外界对此也极为看好。益生股份专注于畜禽良种近三十年，特别是白羽肉鸡的引进、应用和开发，多年来一直占据全国三分之一的市场，在这种巨大优势下，在种源供应、生产性能提升、疾病净化防控和模式试验上，益生股份责任重大，一定会起到带动、示范和推广的作用。

所以，项目的实施将进一步突出益生股份在全国肉鸡行业技术革新及产业全面升级中的引领作用，强化益生在推动中国由肉鸡养殖大国向鸡肉生产强国质变过程中的主导优势，进一步增强益生股份产业资源整合能力和效率。

这样一来，益生股份通过“标准化”建设，引领行业发展的趋势就更加明显了。

自主创新

白羽肉鸡是我国农业产业在所有产业中与国际接轨时间最早、发展速度最快、产业化程度最高的产业。作为外来物种，它历经多年“生长”，从烟台等地以“星星之火”，逐步“燎原全国”，发展道路并不平坦。益生股份能在其中一直引领风潮，关键之处就在于创造了“高效生态”的自主创新养殖模式。

为提升现代肉鸡种业发展水平，促进肉鸡产业持续健康发展，农业部制定了《全国肉鸡遗传改良计划（2014—2025）》。计划的主要内容包括：强化国家肉鸡良种选育体系；健全国家肉鸡良种扩繁推广体系；构建国家肉鸡育种支撑体系。根据计划，到 2025 年，我国将培育肉鸡新品种 40 个以上，自主培育品种商品代市场占有率超过 60%。提高引进品种的质量和利用效率，进一步健全良种扩繁推广体系。提升肉鸡种业发展水平和核心竞争力，形成机制灵活、竞争有序的现代肉鸡种业新格局。

益生股份作为当前中国最大的种鸡生产企业之一，始终把“畜禽良种”作为公司的核心竞争力。近年来，公司积极主动探求与国内外育种机构合作联合育种，推进良种繁育事业的更进一步发展。公司从哈伯德公司进口哈伯德曾祖代白羽肉种鸡，改变了国内祖代肉鸡种源供应完全依赖进口的局面。

作为畜牧行业龙头，益生着眼于畜牧业的长远发展，努力甄选、引进国际优良畜禽品种，并成为美国安伟捷公司和美国海兰公司这两个世界最大肉种鸡和蛋种鸡育种公司的全球最大客户。为满足各种规模的种鸡饲养企业对种鸡同质化的需求，公司逐年增加引种数量，不断扩大生产规模。

迟汉东认为，二十多年来益生股份引进祖代肉种鸡由 4000 套增加到现在的 30 多万套，祖代蛋种鸡由原来的 2700 套增加到 8 万多套，是靠持之以恒的拼搏精神。

耿培梁说：“首先，我们拼的是世界一流的种源。第二，我们是拼了命地抓生物安全，公司从没有发生过重大的畜禽类传染病。第三，我们拼的是对市场的准确把握，不惧风险的胆识，敢于在市场的逆境中寻求快速发展的切入点。”

外国的鸡种，落户于烟台的土地，难免要有一个“接地气”的适应过程。公司设立畜禽疾病研究机构，采用国际领先设备和技术，紧密结合生产实际开展科研攻关和技术研发，先后有多项科研成果获得国家、省、市科技进步奖，为企业发展及“下游客户”提供了有力的技术支撑。

益生股份率先在国内采用大规模祖代肉种鸡多层笼养技术，不仅解决了祖代肉种鸡饲养后期受精率低下的难题，而且提高了优秀种公鸡的遗传覆盖面积，大大提升了父母代肉种鸡的生产性能。雏鸡鉴别技术水平在国内名列前茅，准确率达 99% 以上。

益生股份始终以技术创新为原动力，凭借与国外知名家禽育种公司密切合作的优势，通过引进、饲养、繁育、推广世界顶级良种，随时掌握行业最前沿、最成熟的技术，并将其固化、复制。经过多年的探索与积累，公司在祖代肉种鸡笼养、选育、人工授精方面取得重大突破；父母代种鸡雏鸡母源抗体水平及均匀度，育雏育成的成活率，种蛋合格率、受精率、孵化率、健雏率等指标，均高于国外公司指定的标准指标。

曹积生说，白羽肉鸡这个优良品种，是世界各国的育种专家上百年持续不断努力的结果，有着不可替代的基因优势，老外金贵得不得了，培育种鸡的技术高度保密、绝不外传。就是今天，大量祖代鸡还得从美国、法国坐飞机到烟台，属于“原装进口”。他希望国内的科学家能够尽快攻破育种难题，益生股份也愿意为此做出应有的贡献。

不一样的“研究院”

2004 年 12 月 9 日，山东益生畜禽疾病研究院正式挂牌成立，聘请国内著名禽病专家、博士生导师崔治中教授担任院长，参照国内外先进实验室标准，购置精尖仪器设备，兴建了国内一流的 P3 级兽医实验室，主要从事与畜禽生产密切相关的临床兽医学、预防兽医学与畜禽疾病的临床诊断、血清学调查、免疫学以及相关应用课题、产品关键技术研究。

同时，研究院承担重大疾病报告预警义务，开展国内外学术交流，组织并参加相关的学术活动与人才培训，开展畜牧兽医科普活动，开展技术咨询和技术服务。

而这种手笔，截至 2019 年，在全国畜牧养殖企业中还属独一份。

曹积生对此有自己的深刻认识。他说，投资建设畜禽疾病研究院是一个战略性的投资，经济效益的体现有两点：一是为企业本身服务，提高畜禽疾病的监测能力，降低公司的养殖风险，提高产品质量，扩大市场占有率，增加和提高销售数量和销售单价；二是为下线的客户服务，提高客户的养殖水平和经济效益，稳定客户群体，培育市场，保障一个正常的市场销售量。专家式特殊功能性服务，满足了客户的需要，顺应了市场与社会的需求，更增添了益生集团在竞争差异化中取胜的信心与决心。

山东益生畜禽疾病研究院的成立，大大加强了企业自身在微观和宏观方面的研究力度和科研力量。就微观方面而言，山东益生畜禽疾病研究院 REV 项目，由国家自然基金重大项目资助（批准号：30030450），经农业部批准，在益生股份进行了 REV 疫苗的中等规模试生产，完成了该疫苗的世界首创。

就宏观方面而言，山东益生畜禽疾病研究院率先进行祖代范围内的肉鸡笼养开发，成为全国乃至全世界第一家实行祖代肉种鸡笼养的企业，通过系统完整地将笼养技术应用于祖代肉种鸡，大大提高了生产效率和产品质量，被国内外同仁纷纷效仿，这些都是益生股份在科研投入上取得的成果。益生股份在科研方面的巨大投资，为整个行业做出了巨大贡献，但其基本功能仍是为了保证产品的质量。长期以来，产品的质量，成就了今天的规模，而今天的规模为益生股份产品质量的稳定提高又增加了重要的保证。

创新化科研升级为市场注入了活力，一流的产品和服务为客户带来了效益，客户的发展为益生股份带来了广阔的发展空间。高度发展壮大的父母代肉鸡企业单批次引种量越来越高，甚至高达十几万套，而益生股份今天的规模为满足客户需求，实现产品均匀度的最优化提供了保证。曹积生介绍，益生股份的产品价格成为国内同类产品的重要标杆，生产规模逐年扩大。

2019 年，“祖代肉种鸡年可提供父母代种雏 1100 万套，单批次祖代 7 天内种蛋一次可供应 20 万套种雏”。益生股份通过质量，为客户带来了客观效益，实现了企业与客户的共同发展，而自身与客户在规模和技术上的共同发展，更加彰显了自身产品的质量，为企业和客户都提供了更大的利润空间。

三十而立

2019 年是益生股份成立三十周年。按曹积生的说法："这三十年间，益生股份历经十年艰苦创业、十年多元化成长和十年高质量腾飞，实现了益生股份由小到大、由弱到强的蜕变。"

益生股份很重视自己的成长轨迹。成立二十周年暨首发上市庆典晚会上，董事长曹积生、副总裁迟汉东、执行副董事长耿培梁等高管、股东、各子公司、各部门、场（厂）区领导、员工代表及家属等 1000 多人参加了庆典晚会，还特别邀请了耿莲凤、程志、张华敏等著名的歌唱家前来助阵。

曹积生深情感言，回顾了益生历经艰辛从小到大、由弱到强，从当初的几十个人、几幢鸡舍发展成为全国乃至全世界大规模祖代鸡饲养企业的历程，多次提到"益生人"和"感恩"这两个词，对益生股份深感骄傲，对客户、政府及其他利益相关方深表感激、感谢。

当时，祖代鸡繁育的集中度已越来越高，行业整合力度加大，祖代鸡场家从最初的 40 多家减少到了 13 家。同时，父母代和商品代肉鸡的整合力度也在逐渐加大，几十万乃至数百万父母代客户比比皆是。益生股份的品牌质量优势加大了下游客户对企业的信赖，公司已拥有成熟的 ISO 质量管理优势，下一步需要做的就是固化和复制。

满满的自信，这就是二十周年时的益生股份。那时它刚刚上市，人逢喜事精神爽，所以，整个二十周年纪念会搞得气势如虹。

如今到了益生股份成立三十周年纪念大会，规模和声势并不输于当年。但与二十周年不同的是，同期还举办了HBD（哈伯德）利丰新产品发布会，国家与省市畜牧局主管领导、协会主管、行业专家、合作伙伴及益生股份员工代表出席了庆典仪式与新产品发布会（哈伯德品种约占全球白羽肉鸡市场7%，其品种在中国市场占比过去也较低。经过一年左右的养殖探试和示范，哈伯德品种在中国的市场逐步推开，特别是在其他品种祖代种鸡引种受阻的现实之下，公司哈伯德品种的市场销售有望提升）。

在会上，曹积生仍旧豪情满怀："今天是益生股份三十周岁生日。风雨三十年，感谢社会各界对益生股份多年的支持和关心。而立之年的益生股份，在磨难中成长，在发展中壮大。十年创业，十年成长，十年腾飞。细数三十年发展历程，我们逆势而上，顺势而为，培养和锻炼了益生人敢为天下先的拼搏精神，创造了从无到有的辉煌成就。三十而立再出发，未来，益生股份仍将继续发展白羽肉鸡产业，做实种业，规范产业，承担责任；同时完善生猪良种体系，为中国的生猪产业的恢复与发展做出贡献。"

在会上，益生股份对公司成立三十年来做出突出贡献的员工和合作伙伴进行了颁奖。但私下里有许多员工说，有一个奖没有颁发，那就是，董事长曹积生本人应该获得一个由全体员工颁发的"爱戴奖"。

是的，益生三十周年庆典没有设立这个"爱戴奖"，但数千名益生员工每个人的心里都有这么一个沉甸甸的奖杯是给他们董事长曹积生的。是他成就了益生股份，成就了益生人，更成就了中国肉鸡养殖产业一段不可替代的传奇。

笑到最后

就在益生股份迎来成立三十周年之际，其 2019 年半年报公布，公司业绩创下新高：营业收入 14.46 亿元，同比增长近 2 倍；净利润 9.04 亿元，同比增长超过 26 倍。

无论是绝对值，还是增长率，2019 年上半年，益生股份都实现了上市以来的最佳表现。

毫无疑问，2019 年业绩提升是多重因素叠加的结果，而且在未来 3 年至 5 年，白羽肉鸡行业的发展空间都比较大。对此，曹积生保持着清醒认识："我们一定要专注白羽肉鸡这一主业，这是我们企业发展的铁律。未来的竞争，一定是质量的竞争。我们要把自己最擅长的事做好，不断放大自己的优势，靠过硬的质量取胜。"

对产品价格大幅上行，益生归结了以下四个方面的原因：

其一，近几年国外主要白羽鸡供种国陆续发生禽流感和国内封关政策影响，2015 年到 2018 年，中国祖代白羽肉种鸡引种量已经连续四年低于 75 万套，这数量远低于国内需求数量。

其二，多年来累积的种鸡产能逐步淘汰以及持续的引种限制导致种鸡供给量逐步下降，2019 年上半年父母代白羽肉鸡的存栏趋势性下滑，商品代白羽肉鸡供给紧缺，推动价格高位运行。

其三，鸡肉消费呈现强势增长，叠加猪价上涨。

第四，受环保政策变化，行业集约化发展，在供给端保证了行业有序健康发展。

其实，除了产品价格大幅上涨因素外，也与公司龙头地位有关。截至2019年，益生股份是国内唯一拥有曾祖代白羽肉种鸡的企业、中国最大的祖代白羽肉种鸡养殖企业，其白羽鸡业务处于国内该产业链顶端环节，是中国白羽肉鸡产业链的源头，规模优势使得公司在短期内能最大限度地满足市场需求，因而在大客户资源中占有绝对优势。

对于企业未来的发展战略，曹积生说："我们砍掉祖代蛋鸡产业，重点扩张肉鸡产业，同时发展原种猪。"

同时，益生股份也打算把父母代产能做到最大。2019年7月15日，益生股份披露，拟以不超过2.7亿元收购烟台益春100%股权，包括春雪食品原有的8个种鸡场、1个孵化场及相关资产。通过收购烟台益春股权，益生股份将获得70万套父母代生产能力。

加上现有300多万套父母代肉种鸡，益生股份父母代产能就达到400万套左右，将成为国内单一法人旗下父母代产能最大的企业之一。而且，未来如果有合适的父母代标的，依然会考虑收购。

作为白羽肉鸡养殖业龙头，如何才能抵御住行业波动性，益生股份也面临着严峻考验。当然，为此早有准备。

益生股份以"畜禽良种"为核心竞争力，除了养鸡外，还涉及养猪、饲料、奶牛养殖、牛奶加工、生态蔬菜、粪便处理等多项业务。这种多元化产业布局，实际上给益生股份提供了很大的腾挪空间。

在祖代白羽肉种鸡紧缺的市场情况下，益生股份作为国内唯一拥有曾祖代鸡从而能够保证自用祖代鸡的供应的企业，它在养殖中持续不断地进行种源净化战略，并推出哈伯德利丰新品，无疑为益生股份未来的市场竞争又增添了新的保障。因为哈伯德利丰肉鸡新品种，拥有更快的生长速度、更低的料肉比以及更高的产肉率，并且在不同环境下的健壮性也更好，有望在未来的市场竞争中为益生股份取得更大的市场份额。

当然，这只是益生股份应对市场变化的举措之一。2018 年益生股份主动牵头承担“优质肉鸡高效安全养殖技术应用与示范”项目，将进一步突出益生股份在全国肉鸡行业技术革新及产业全面升级中的引领作用，强化益生股份在肉鸡行业中的龙头地位，进一步增强益生股份产业资源整合能力和效率，进一步体现益生股份在推动中国由肉鸡养殖大国向鸡肉生产强国质变过程中的主导优势。

它，笑到了最后。

传承有本

曹积生对企业的发展时间有着高度敏感。在他看来，这不光是回望，更是一种展望，关系一个企业和一群人反思什么、警醒什么、传承什么。

“我们该传承的是一种企业经营的规范化理念，这种理念才是百年企业的关键。”

曹积生认为，大到治国，小到管理企业，人治不是办法，要走法治的路，对于一个企业来说，就要建立完善的企业制度和管理理念。一个企业能走多远不在于短时间内市值的翻倍，不在于顷刻间产品的走俏，这一切的基础和关键在于一种制度规范和管理理念的成型。

每一家企业都犹如一个个性鲜明的人，衣服衬人，要合体，才能锦上添花，相得益彰，每一家企业也都在寻找适合自己的制度和管理理念，在不断寻找的过程中完善成形。

曹积生提出“以不变应万变”的想法，企业的经营有起有伏，产品和范围可以变，但品质不能变，而维护产品品质的力量是企业的制度和理念。因此，产品质量、企业制度和理念应该是企业不变的根本，犹如地球围绕着地轴自转，只要根本在，一切都有张有弛，应对得法。所谓公道自在人心，日积月累，制度和理念也便自然而然地扎根于一个企业之中。

传承是什么？而真正值得代代相传的又是什么？要传承的不仅仅是经营权，更重要的是一种优秀的管理模式和文化。

益生股份与国际标准对接，把先进的ISO与运营绩效管理系统结合，将公司二十多年成熟的经营经验融入到过硬的企业质量管理中去，制定出一套高标准、高质量的公司管理模式，使管理的自动化、可控化固化地传承下去，实现标准化管理模式可复制，迅速膨胀发展，这才是曹积生一直以来所追求的“大传承”的大境界。益生有百年企业的梦想，也具备百年企业的实力，更重要的是有缔造一个百年企业的运营模式。

不过，除此之外，企业还要传承什么？

在那篇名为《智、情、胆——成功之必备》的演讲稿中，曹积生对企业的传承体认得更为明确：

一、勤俭致业兴。对于“俭”，很多现代人没有这种意识，这是一种很不好的现象。对此，我们不仅要“俭”，还要“勤俭”，因为滴水可汇海，勤俭可兴业。如何做到勤俭，这就要有一个制度性的节俭。产品差异化与成本有限化，多收少支，省的是纯利。

二、忠孝传世远。对待客户和员工，要做到尊重。对员工的工作要改批评为肯定、改指导为辅导，让员工有归属感；此外要注意，为了公司的发展，在选拔干部的时候，要看他的思维模式和范围，他关注的是自己的范围，还是公司，还是整个行业，因为范围决定位置，初心决定结果。“不孝有三，无后为大”，这句话用在企业中，“后”就是企业如何打造一种能够传承百年甚至更远的管理方法。所谓传承，一种是文化的传承，另一种就是灵魂的传承；有了好的文化、好的传承，这样就能做到对忠实员工与忠实客户的培养。

三、小舍小得，大舍大得。所谓舍得，并非得舍，人不能只想着自己的利益，也要想着为别人的利益牺牲自己的一些东西，这样才能够光照八方。

四、仗义交天下。要对朋友仗义，不管朋友对自己怎么样，为朋友就是两肋插刀。还要记住，忍辱等于福报，这就是人一生福报的基本定数。比如，有人在侮辱你的时候，你要沉住气，不回击，那在别人眼里，你的人品就会被别人肯定，久而久之，你的福报就来了。除此以外，工作要有目标；幸福指数要低；做人有道德底线；做到该谦虚时要谦虚，不卑不亢；做到“恩要报，怨要了”。只有心宽，才能交天下！

五、无我做人，用心做事。这八个字要融入益生人的血液里，落实到行动中。

无我做人，即不贪婪、不推卸、不怪人、不计较、不谗言、不妄语、不欺上、不瞒下、敢担当、能忍辱、乐利人、勇揽责、礼让誉、善包容、自激励、尊长者、爱提携、舍名利。

用心做事。爱企就是心系公司，公司利益最大化。爱职就是干好本职是天职价值。爱客户即服务对象。爱同事则为互爱互帮、互依存、精诚合作、有团队精神、战胜艰难困苦到达彼岸。

企业做不长、做不大的根源当然很多，但核心根源却只有一个——缺乏一个能引领企业永续前进、具有真正商业领袖基因的企业掌门人。益生股份三十年的发展经历表明，他们有一个优秀的掌门人，同时有一个忠诚、齐心、能打硬仗的管理团队。曹积生能未雨绸缪，提出企业的核心传承内容，这实际上就是在为企业的百年基业打基础。

北京大学教授、著名管理学者陈春花曾对中国企业提出七个问题：

一、持续的高增长是否有泡沫？

二、能否保持稳定的持续增长？

三、中国企业是否真的具备大规模作战的系统能力？

四、在市场竞争中我们到底靠什么活着？

五、中国企业是否已经达到了国际化的运作水准？

六、中国企业是否已形成有效的服务模式？

七、中国企业的状态、心态、能力能否支撑其走得更远？

她认为战略基本层面的缺失，为很多企业决策失误埋下伏笔。没有战略基本层面的累积，一个企业是很难走得长远的，现在在市场上所取得的成绩，都只是暂时的胜利。而要获得持续增长与发展，一个企业必须成为永久的胜利者。

如今，面对全球环境的变化，供应商的策略调整，终端零售商的改变，基础资源的紧张，互联网技术与数字技术的飞速发展等，企业没有能够以自己的能力来应对，反而因为外部的变化加剧了企业自身的焦躁。所以，她反复强调一个观点："在不确定性成为常态时，回归基本面是最重要的。"

益生股份曾在不同时期经历过众多不确定性，它也许可以为自己感到骄傲的是，它从不曾脱离过企业的基本价值面。

而这，或许是它最基本的坚守和传承。

烟台的一张靓丽名片

白羽肉鸡已是烟台市对外打出的知名名片。白羽鸡与苹果、莱阳梨、张裕红酒一起，成为烟台的"四宝"。白羽鸡产业已融入众多烟台人的生产生活当中，并成为一个地理标志性品牌。

"烟台白羽肉鸡"能够叫得响、立得住，在于它是一个"顶天立地"的产业。所谓"顶天"，是指与国际优良品种、先进养殖技术、高端加工设备接轨，真正高大上；所谓"立地"，是指因地制宜谋发展，连接万千养殖户和广大消费者，创新本土养殖模式，开发适宜中国人舌尖需求的消费食品。烟台白羽鸡产业兴盛程度仅从 2014 年的一组数字就可见一斑：2014 年出栏肉鸡达到 2.3 亿只；存养祖代肉种鸡 47 万套，占全国的 34%；父母代肉种鸡 700 万套，占全省的 40%；7100 多个肉鸡养殖场全部实施了标准化规模养殖，年出栏 5 万只、10 万只、50 万只、100 万只以上的大规模养殖场分别达到 1363 个、307 个、29 个和 3 个；90% 以上的肉鸡养殖采用了粪便堆积发酵技术，粪污无害化处理率、资源利用率和达标排放率达到98%以上。

事实上，最近几年，烟台白羽鸡产业发展更加迅猛。以2018年为例，当年仅益生一家出售的鸡苗就达到3.08亿羽，远超2014年整个烟台的出栏肉鸡数量。

在烟台，白羽肉鸡良种化实现全覆盖。拥有亚洲最大的祖代肉种鸡生产企业益生股份、父母代肉种鸡生产企业民和股份以及商品代肉鸡养殖企业仙坛股份。

在烟台，白羽肉鸡养殖规模化、标准化持续推进。

在烟台，白羽肉鸡串联起数以万计的农场、养殖场。

在烟台，肉鸡产业成为盘活地方经济的重要“棋子”。

在烟台，益生股份等一批以肉鸡产业为基础的企业，带动了粮食种植、饲料生产、运输等众多产业发展。

烟台市白羽肉鸡规模数量和科技含量处于全国龙头地位，质量效益处于全省前列，年出栏肉鸡达2亿只以上，其中90%以上加工外销，源源不断输入大型肉食加工企业的仓库，落户中国的“洋快餐店”，丰富了全国人民的“菜篮子”，而且很多产品已走出国门，成为出口创汇的重要渠道。

烟台肉鸡产品为什么能源源不断地打开国内外市场？探究起来，与其完善的质量管理体系息息相关。目前山东省肉鸡养殖龙头企业中，大多数是外向型企业，烟台的企业也是如此，这些企业刚开始养鸡时，祖代种鸡完全依赖进口，产品也主要用于出口，为了保证外贸出口，企业很早就实现了养殖环境和产品质量与国际接轨，确立了产业发展的高起点，正是在这样的打磨中，烟台肉鸡企业确立了行业标杆的优势。

曹积生说："我们几家企业对自己的产品质量绝对自信。消费者因为不了解而质疑，并不奇怪。许多喜欢吃菠萝的人，连菠萝长在哪里都不知道。事实上伴随着科技进步，种植作物的产量在不断攀升，生猪育肥时间也在大大缩短，人们总有一个认识过程。"

近二十年来，我国鸡肉产量以每年平均5%～6%的速度持续增长，鸡肉成为仅次于猪肉的第二大肉类消费品，白羽鸡肉占比达13.11%，2014年全国人均消费9公斤。烟台市坚持"科技兴牧"战略，加强科技研发与引进，大力推进肉鸡产学研一体化发展，推进科技成果转化。近年来，市畜牧兽医部门牵头与中国农业大学、山东省农科院等7所高校院所签订了"战略合作伙伴框架协议"，组织15个畜牧企业与高校院所开展技术合作，组织联合攻关，先后将饲料营养等5项畜牧科技成果转化为现实生产力，为养殖场户解决了肉鸡养殖、粪污无害化处理等多项关键共性技术难题。其中，益生股份自主研发的"禽白血病流行病学及防控技术"项目，年可降低种鸡死亡率5%，直接经济效益3亿多元。目前，全市畜牧科技贡献率达70%，高出全省平均水平十多个百分点。

烟台市政府对这一产业的扶持力度非常大，全国几无可与其比肩者。烟台市政府很早就认识到，肉鸡养殖"节地节粮又环保"，是真正的朝阳产业、富民产业、健康产业，而且能从整体上带动现代农业发展。因此，一直以"有形的手"加强推动这一产业的发展，强化扶持，规范企业发展，科学规划产业布局，强化疫病防控。大力推行生物安全隔离区建设，重点保护肉鸡产业。为避免疾病交叉感染，在全市范围内限制肉鸭等水禽养殖，将处于候鸟迁徙带上的长岛县划为禽类禁养区。

天时、地利、人和，烟台白羽鸡产业的发展壮大拥有得天独厚的优势。

中国经济近三十年来的飞速发展，是烟台发展壮大白羽鸡产业最大的天时。近二三十年来，国人对鸡肉的需求量越来越大，国内市场对于行业的拉动作用十分明显。

烟台四季分明，雨水适中，光照充足，空气通畅，非常适宜畜禽良种繁育与养殖。又因为地处胶东半岛，三面环海，位于陆路交通的末端，具有天然的自然屏障，不易被外来物种感染疾病。

因为这一地利，烟台十多个县市区先后被国家列入无规定动物疫病区和胶东半岛无规定动物疫病区示范区，是国内首批五个无规定动物疫病区之一。建设无规定动物疫病区，为烟台撑起一道屏障，铺开一条绿色通道，加快了其与国际的接轨。烟台白羽肉鸡最早的外贸出口地主要是日本。烟台在黄海、渤海之间，距离日本很近，运输成本相对较低，跟全国其他城市相比具有明显的地理优势。

政府、企业、养殖户共同发力，则是烟台白羽鸡产业迅速壮大的“人和”。

在烟台，无规定动物疫病区的划定与建设，大力发展白羽鸡产业，不但政府扶持，当地百姓也十分支持与配合，白羽鸡养殖的内外环境都非常好。

这样的“人和”，加上政府监管机构更加完善的管理，将有效阻断动物疫病的传入传播，为烟台的白羽鸡产业保驾护航。

走向未来

2018 年 7 月 12 日，2018（第七届）国际家禽产业论坛在山东青岛隆重开幕。该论坛聚焦于从农场到餐桌，探寻供应链机会，深求产业发展的新动能，论坛吸引行业企业家、专家学者以及美国、荷兰、法国等国际同仁 400 余人参会。

在这次论坛上，曹积生有一场精彩演讲，人们从中看到了一个行业领军人物的思想魅力和责任情怀。

“我首先代表山东畜牧协会欢迎各位新老朋友来到山东，对论坛安排在山东表示热烈的欢迎，山东一直是畜牧业大省，特别是禽业发展方面在国内来说是最强的，其产品占全国三分之一，出口量占二分之一以上。从产业结构上看，牛和羊肉进口零关税，价格很便宜，我们成本控制方面很难跟国外竞争，我国养殖资源又缺乏，不太适合规模化养殖肉牛和肉羊；猪和蛋方面也趋于饱和；山东肉鸡的发展空间相对于猪和蛋方面的空间还是很大的，鸡肉作为蛋白质的主要来源，可以为消费者提供所需的营养。我们的从业人员、行业协会和政府官员如何为行业去呼吁，如何将肉鸡产业纳入国家产业战略层面上云发展？这是我们一直努力和思考的。

“我们从事这个行业就要有行业责任，消费者利益最大化是行业最重要的责任。首先在病的净化方面，无论是曾祖代、祖代、父母代场做好疾病的净化，这对行业来说至关重要。生产性能是一个重要方面，但不能只关注生产性能，而忽视疾病的问题。

“第二是共同对外，打击走私。我们的肉鸡联盟在海关做了很多工作，特别是在鸡爪等副产品的进口和打击走私方面卓有成效，这是我们行业共同的对外责任。

“第三是在肉鸡消费方面，还存在很多的误区。益生股份、民和股份和仙坛股份共同在宣传方面做了很多工作，我们就要从我做起，从现在做起，要有强烈的责任心和义务感把我们好的肉鸡产品推荐给消费者，如果消费者对我们的产品始终有误解，就是我们从业者的一种‘犯罪’，消费者有权知道所吃的东西是好还是不好，这是消费者的知情权。因此我们要加大对外宣传，跳到圈外去，通过媒体等渠道让更多的人认识我们，了解我们的产品，这是我们每一个人的责任。

“第四是呼吁行业整合。行业发展到现在，我们都已不是单一的养殖场，我们应利用资本市场的整合方法进行联合和整合，抱团取暖，优势互补。无论是祖代场、父母代场、还是商品鸡场和加工厂都应该用相对优势去跟别人的相对劣势进行有机融合，可以采取资本市场的方法、一般贸易或者是购买的方式。如果不用资本市场的力量和方法，我们的行业就很难融合到一定的程度，因为行业总体上仍供过于求，我们却还在搞增量竞争。

“益生股份在这方面是开放的，无论肉鸡还是蛋鸡，都可进行存量的整合，谋求行业健康可持续发展是企业义务更是行业责任。”

这可以看作是一个负责任的企业对整个行业现状和未来发展大势的宣言。

的确，关于未来，曹积生和益生股份管理团队信心满满。因为他们是随着共和国改革开放大业同步走过来的一代。过去三十年，他们在养殖领域专心致志地做种苗，未来三十年，也必定还会专心致志地做种苗。这个产业永远关乎中国人的餐桌安全。他曾说："作为国内唯一一家拥有曾祖代种鸡的益生股份，我们肩负起满足国内种源供应的重任，保证了国内种源供应，避免行业出现断种现象。我们要把国际最顶尖的良种引到中国来，洋为中用，把最好的国际良种进行生产、复制、推广，让我们的国民吃上最好的肉鸡。"

这不是一句空话。30 年前，当他一不小心从养牛转向养鸡时；2010 年上市，当益生股份登陆中国资本市场时；而今，当益生股份趁着行业波动跃上创业高峰时，这样的话，一直在他的耳畔回响。

他要把益生股份带到未来的 50 年、80 年乃至 100 年！

他要让益生股份成为一个有史以来最伟大的养殖企业！

他要带领一群人给历史一个交代，给时代一个交代！

他和他的益生股份，注定要创造历史、创造未来！

第四章

益生“宝典”

益生有个好基因

每一个成功的企业背后都有一套成功的逻辑。

《华为基本法》是华为不断走向成功的逻辑总结：有一个远大的理想，公司上下孜孜以求；把认真负责和管理有效的员工当成华为最大的财富；以产品立身，把质量作为华为的自尊心；不单纯追求利润的最大化；审慎进入新领域，不盲目扩张；坚持员工持股原则，普惠认同华为的模范员工，结成公司与员工的利益与命运共同体，不断让最有责任心与才能的人进入公司的中坚层；坚持“压强原则”，在成功关键因素和选定的战略生长点上，以超过主要竞争对手的强度配置资源，要么不做，要做，就极大地集中人力、物力和财力，实现重点突破；坚持产品的终生服务原则；灰度管理原则；流程简化原则等等。

阿里巴巴为人津津乐道的是其永不放弃的至上信条，认真生活、快乐工作的立身逻辑，打造艺术品的极致思维，以及只服务普通人，把钱投在员工身上的服务理念等。阿里是“倒立理论”的专利持有者，在阿里 80% 的人被认为都是潜力股，都能超越自我，实现潜能，员工容易获得认可，幸福感很高。

益生之所以能走到今天，而且越走越稳健，越走越远，也是一种逻辑的胜利，因为它有一个好基因。

2019 年 7 月 25 日，益生股份中报显示：益生 2019 年上半年营业收入为 14.5 亿元，同比增长 188.07%；归属上市公司股东的净利润 9.04 亿元，同比增长 2688.67%，这组数据实在是太漂亮了。

数据漂亮，原因当然很多。正如其中报经营评述所言，白羽肉鸡产业大周期趋势向上，行业基本面持续向好。一来，受近几年国外主要供种国陆续发生禽流感和国内封关政策的影响，我国祖代白羽肉种鸡引种数量连续四年低于 75 万套，远低于国内至少 90 万套的需求量；二来，多年来累积的种鸡产能逐步淘汰。

但这些都是外在因素，属于行业大势。网易老板丁磊有句名言：站在风口上，猪都能飞起来。问题在于，同样是站在风口上，益生为什么飞得如此之高，远非同道中人能与之相侔？

是的，漂亮的数据背后还隐藏着另外一个原因——益生是一家好公司。益生的发展一直都很稳健，聚焦主业，目标十分明确；其与上下游客户关系一直都非常融洽，在行业内口碑极好，以诚信著称；公司决策科学，行动力强；员工的幸福指数与忠诚度都很高……

好公司源于益生有一种好基因。好基因是益生从娘胎里带来的，带有明显的创业期特点。

益生草创之初，除了一栋二层小楼，什么都没有，说是外贸食品给曹积生画了一张饼并不为过。那是真正的白手起家，人没人，物没物，钱没钱，要啥没啥。而外贸去办种鸡场的三个人，曹积生大学时学的是兽医，玩的都是猪马牛驴那些大牲口，毕业七八年都是跟牛打交道，跟小鸡根本没有交集，一个办公室主任，一个司机，当年跟养鸡都是绝缘的，更别说是养种鸡。

几个饲养员都是从附近一家肉鸡厂借来的，还都是新兵，一个懂技术的都没有。

进口的祖代鸡苗一只都要 20 美元，比员工三个月的工资还多，谁也不敢儿戏。

曹积生请来的王正凡老先生对于养种鸡这活，也是大姑娘上轿头一回。

益生人是先上车后补票，摸着石头过河。边养边学，边学边养。大家一个比一个努力，生怕自己做得不好拖了公司的后腿。

非常时期的非常成长在益生的创业史上打下了深深的烙印。

在不断试错之后，在付出了几次血的代价之后，益生终于掌握了养种鸡的绝活。

这个绝活来之不易，价值千金，远不是课本上可以学到的。

自此，益生也就有了一个不成文的规定，来自书斋、没有实践经验的人都要从基层做起，都要从养鸡场、孵化场的车间干起。跟随优秀的老员工做，慢慢熟悉环境，熟悉行业。

这其实就是当年国企传说中的“传帮带”。

益生的各分场场长大多是脱颖而出的人才，踏实肯干又肯动脑筋，是公司未来的精英。他们虽是场长但一般很年轻，大学毕业生工作三年五年，成绩不错，都有机会被选拔到场长的位置上去锻炼。业务骨干，跟刚毕业的大学生年龄相当，有共同语言，好沟通，很容易打成一片。而且年轻人最容易受身边人影响，同龄人的正向引导也能很快激发年轻人的事业心，年轻人的比拼劲头足，学习能力强，热情也很容易被点燃被鼓舞，一旦热情点燃热情，热情鼓舞热情，那就是一片火势很旺的海。

益生的基层充满了激情，这也是益生源源不断的动力所在。

年轻人不管是什么背景都从基层做起，这不仅有利于新员工迅速对企业对行业有一个基本的了解、熟悉，也有利于营造一个公平竞争的环境。是骡子是马牵出来遛遛，每个人的表现都在大家的眼里，靠做事往上走，靠能力往上走，谁都无话可说，谁都心服口服，公平的底层环境有利于优秀者脱颖而出。

年轻人都从底层起步，以老带新，在一个相对公平的环境中锻炼、提升自己。这样的人生经历很容易让年轻人滋生一种感恩的情愫，新人尊重老人，老人爱护新人，公司上上下下都热衷于干事业，都有一颗感恩的心——感恩益生创业者打下的江山、创建的平台，感谢不辞辛劳带自己的“师傅”，感恩有一个“海阔任鱼跃，天高任鸟飞”的环境……老师的经验都是在实践中一点一滴积累的，带徒弟都是倾囊相授；徒弟在实践中发现不足，向老师求教如饥似渴。师徒之间，教得尽心，学得用心，每个员工都能有锻炼的机会。这个传统让益生一开始就有一个很强的学习基因。踏实肯干，认真虚心，一直在益生占据主流。

在益生，人与人之间非常和谐，这和谐也是起于当年大家艰苦创业时养成的学习及敬重知识、尊师重教的基因。这也是今天益生有别于其他企业、愈挫愈勇、愈战愈强、生生不息的根源所在。

这种和谐让益生的团队特别经得住考验。益生自上到下都是冲着做事业去的，一旦领导层决策下来，中层基层都很容易心领神会，不需要去做思想工作，大家就冲了上去。危中抢机，很多时候形势瞬息万变，稍一犹豫，机会稍纵即逝，之所以每一次益生都能很好地抓住机会，就是因为大家齐心协力、思想高度一致，做事自上而下不打折扣。

直到今天让益生受益最多的还是创始人、创始团队的初心。益生的成功在一定意义上可以归结为创始人与创始团队的成功。

创业期老板曹积生的胆识、眼光、整合资源的能力、商业头脑、专业能力甚至情商等个人能力，是其时益生成功的关键，也成了后来益生性格养成的关键。

曹积生完完全全是一个可以为益生舍生忘死的人，是个典型的猛张飞，勇猛刚强，敢打敢拼，决断迅速，疾恶如仇，脾气暴躁，但待人真诚，公而忘私。作为头狼，这种性情让益生始终充满正气，做事的氛围很浓，各种蝇营狗苟很难在益生扎根。

董事长曹积生接手益生时就没有想过再回头，因此一直把公司当作自己的命去维护，谁敢破坏生产或者肆意捣乱，那就是要他曹积生的命，他一旦下手绝不容情。

草创时期，不少混混儿抵御不了曹积生的“狮子吼”与“绝命腿”，纷纷离职。

剩下的都是跟定曹积生一门心思干活的人。

这些人大多来自农村，对在益生工作十分珍惜，工作任劳任怨，学习认真，不怕吃苦。

曹积生是个铁打的汉子，却有着菩萨的心肠，对待兢兢业业的人从来都不亏欠，公司再难都会想尽一切办法按时发工资；员工谁家有什么困难，公司都会想尽办法帮助解决；员工买房缺钱都能从公司借到款项……

益生的人情味很浓，老员工的心里都对益生有一种深深的感恩。这种感恩很容易传导给新员工，传导给他们的徒弟。感恩成了益生骨子里的母文化。

曹积生不是一个妄自尊大的人。他知道创业不是一个人的打拼，强行把迟汉东、耿培梁两位老同学“请”了过来。三个人就形成了一个稳定的决策层。曹积生主外，见多识广，很容易把握行业大势，形成决断，迟汉东、耿培梁二人主内，都有很好的专业素养，对曹积生的决断做出判断、验证，而一旦“三人团”达成一致便马上进入执行层面。这让益生成为行业内少有的强执行力企业，一旦认定，迅速行动，绝不拖延。这样的决策体系让益生既能迅速抢占行业制高点，又不至于出现大的偏差，多次危中抢机，逆势生长。

为了给自己勇敢奔跑的心上一个笼头，曹积生给自己定了一个底线，重大决策必须最高“三人团”全部通过才正式启动。成与败只在一念之间，在机会面前，勇敢也有可能变成冒进，一旦急吼吼地冲过去，前面却是断崖，又跑得太急收不住脚就惨了，有了迟汉东、耿培梁这两根缰绳，关键时候一拽，至少不至于让益生摔下去。

“三人团”是大学同学，专业出身，精力完全用在做事上，与益生的利益始终捆绑在一起，彼此敬重，没有争权夺利，也没有钩心斗角。上梁很正，下梁就歪不了，“三人团”的做事风格让那些心思活泛、不肯吃苦的人没有生存空间，留下来的都是踏实肯干的人，因此整个企业都很干净，始终是干事创业的氛围。

这一点，也让益生很简单、很透明，大家就是奔着把工作做好去的，没有那么多弯弯绕，部门之间、员工之间的交往很简单，与客户的交往也很简单。

曹积生其实是个很简单的人。简单到一个身家数十亿的老板一直保持着创业时的特点，始终与产业链上的小客户平起平坐，没有一点儿架子。老板简单，员工们也不复杂，对客户一直是服务至上，业务上从来都没有出现过那种店大欺客的现象。因此，益生与客户的关系一直都很融洽，许多益生客户都是交往多年的老伙计、好伙计。

诚信做事，真诚待人，这样的企业性格让益生的内外环境非常好，不但在行业内得到尊重，行业外，大大小小的金融机构、政府部门等也都对益生青睐有加。

踏实肯干、懂得感恩，目标远大、决策民主，关系简单、尊重客户……这样的基因让益生之路越走越顺，越走越远。无论其战略层面的产业发展多元化，还是企业经营层面的管理、自主创新、标准化建设等，都有许多可圈可点之处。

“神预测”与科学决策

圈里说到曹积生，都会竖大拇指，这人就是有三板斧，能干事，有脑子，搞预测跟真的一样，有点儿邪乎。

传得很神的是曹积生 2006 年 5 月在山东省畜牧业博览会上的一

句断言。

那是山东省畜牧领域的一次展览会，也是打气会——阴霾笼罩头上太久，山东畜牧局与畜牧协会希望大家能聚在一起好好想想应对之策，不管怎样，都得把艰难的日子过下去。

5 月 26 日到 28 日三天会，畜牧界开得很沮丧，大家一致感觉行业的前景渺茫，更大的黑天鹅还在后面等着。

主流媒体一些主观性的宣传让整个社会都陷入极度的“鸡恐慌”之中。据传言，140 多位并不从事养鸡产业的人死于非命，禽流感笼罩下的鸡被认为是罪魁祸首，吃鸡成了整个社会非常抗拒的事情。

当社会对这个行业已经失去信心，你怎么可能轻而易举就把他们扳回来？

曹积生对这种说法很不屑。在他眼里，这一点儿都不科学。这个行业从业人数有七八千万之众，细算起来，边边角角的加在一起甚至超过一个亿，平均死亡率不就是这个样子嘛！说什么有一个人是到农贸市场上看到一只鸡然后就死了，人脆弱到见一只鸡就死？养鸡行业要是这么脆弱不早就死了，还能等到现在？

曹积生在发言中反复强调一点：这个行业它不会倒啊，再怎么说，你也不能让全国人都不吃鸡了！养殖业就是在大年小年中更替，大年好过，小年难过，这是规律，大家都在规律之内，行业低迷了很久，不会再这么下去，很快就会反弹。

曹积生给反弹下了个最后期限——到六月底，形势就会好转，一切雾霾烟消云散。最后补上一句，机会来了，谁能坚持到最后，谁就能大赚一把。

当时，这样的乐观，入会者没有几个人相信。大家把这个预测看作是一个善意的谎言。“这个曹老板是在安慰大家！当不得真．该跑还是跑吧！”

但是6月30日这天，一切都应验了。

那天曹积生正在公司外面抽烟呢，业内一个鸡老板打电话过来，急急地喊：“老曹，老曹！”一个劲地叫他的名字。曹积生不知啥事，被人喊得有点蒙，连忙问是啥事。鸡老板说，市场马上就好了，你的预测真是神了！

这个老板2004年刚兼并一个肉鸡一条龙企业，就遇到禽流感，一直到2006年都还是一塌糊涂，人憔悴得不行，都有些扛不住了。

这以后，鸡市场走势一直都很好，商品鸡鸡仔三块钱的成本，市场上卖到七块钱，商品鸡养大一只能净赚10元。这样的好日子一直狂飙到2012年底。

这个神预测让圈内人一直津津乐道。

2018年底的益生年会上，曹积生说，咱今年挣了3个亿，明年咱想挣多少？就8个亿吧。

2019年上半年，益生营收14.46亿元，净利润9.04亿元。不到半年，曹积生随口一说的宏愿就实现了。其时，鸡价格还根本看不出什么动向、往哪儿走，谁也说不清楚。

曹积生对于神预测一说并不认同。“哪来的神预测？”曹积生说，“实在是，你在这个行业浸润太久，也太喜欢，深知它的脾性罢了！”

这实际上源自一个企业家的天生敏感，以及在长期工作中基于对行业和市场了解而形成的科学决策，当然也离不开曹积生与班子、与外界的充分交流。从这个角度说，他成为益生股份的灵魂人物，实至名归。

面子与里子

先说个小故事。

一次，苏轼游完莫干山，见山腰有座寺观，就走了进去。道士见来人穿着格外简朴，冷冷地应酬道："坐！"对小童吩咐道："茶！"苏轼落座，喝茶。他随便和道士谈了几句，道士见来人出语不凡，马上请苏轼入大殿，摆下椅子说："请坐！"又吩咐小童："敬茶！"苏轼继续和道士攀谈。苏轼妙语连珠，道士连连称是。道士不禁问起苏轼的名字来，苏轼自谦道："小官乃杭州通判苏子瞻。"道士连忙起身，请苏轼进入一间静雅的客厅，恭敬地说："请上坐！"又吩咐随身道童："敬香茶！"苏轼见道士十分势利，坐了一会儿就告辞了。道士见挽留不住苏轼，就请苏轼题字留念。苏轼写下了一副对联："坐请坐请上坐，茶敬茶敬香茶。"

坐，请坐，请上坐；茶，敬茶，敬香茶。算得上是千古绝对。

这对联大家一看就懂，苏轼意在讽刺。讽刺什么呢？讽刺这道士实在势利，看人吃饭，看菜下碟，对人前后不一。但这其实有失公允。道士看不到苏轼里子的时候按常人待他，无可厚非，待到越来越看到苏轼里子时，人家爱才，苏轼的面子自然就越来越大。

这故事其实还告诉我们一个道理，面子与里子是一对孪生兄弟，面子是靠里子挣来的。有多大的里子，才会有多大的面子，而不是反过来。

面子与里子不协调的时候很多，里子大面子小倒不是问题，有那么大的里子在，面子小也只是一时的，终究面子会赶上来，与里子并驾齐驱。最担心的是面子大里子小，撑不住，搞到最后，面子丢得精光。

益生的面子不小，里子其实更大。

A 股上市公司，亚洲最大的祖代种鸡养殖企业，唯一一家能同时从美国进口 AA+ 与罗斯 308 两大国际品牌肉鸡的企业，亚洲饲养祖代肉种鸡数量最多、品种最全的企业。这个面子够大吧，还有更大的，产业链上与益生打交道的客户提起益生都要竖起大拇指——讲诚信、服务好、想客户所想。行业内的企业都愿意跟益生打交道。这些都是面子，其实反射的是里子。

很多客户自从跟益生有了交集就再也没有分开，一直紧紧跟随；很多倒闭的养鸡场都愿意以远低于同行的价格租借给益生，这让益生很有面子。

益生员工出去参加活动很受人待见，待遇也高。益生员工成长机会多，在单位里受重视，同行也羡慕。这些也是有面子的事情。

在“一手交钱一手交货”的商业世界里，美国公司可以先把祖代鸡苗发给益生，半年后再收款；益生急需现金，向银行张口，三千万五千万，说什么时候要什么时候就到账上。

这些都是天大的面子。而益生的里子更让人刮目相看。

益生的销售人员出去，客户感受最多的就是诚信。不论是谁，答应客户的事一定会想办法办到，承诺客户的话也一定会全力兑现。不亏待客户，不亏待任何和益生打交道的人。曹积生说：“实在即技巧，诚信到永远。”在客户眼中，益生的人接地气，踏实肯干，好相处，为人实在，不要虚头，服务意识强、团队意识强，大家在一起不仅仅是业务关系，更是兄弟关系。“关键时候诚信是用来保命的”，曹积生的这句话让我们看出他对信誉有多看重，以至于诚信成为整个益生可贵的品质。这样的里子自然让客户踏实，让市场放心。

也许跟创业之初艰苦奋斗的秉性有关，跟老板曹积生的个性有关，益生的风气一直都很正，一直都保持着创业时的氛围——崇尚做事而不是蝇营狗苟，轻简而不奢华，学习气氛很浓，人际关系简单，部门之间沟通成本很低，彼此配合默契；员工的幸福指数和对企业的忠诚度都很高，员工对公司对老板非常感恩；企业领导层一直保持创业之初的激情，兢兢业业，一心为公，决策认真，彼此之间没有权力之争；为愿意成长的员工提供尽可能多的机会，员工成长的通道是敞开的……在益生，所有新员工进场都要先从基层做起，都要拜师学艺，虚心者留下，浮华者溢出。因此一茬一茬益生的生力军都是踏实肯干的人，企业内部感恩氛围很浓，关系融洽，歪风邪气没有生存的土壤……和谐又充满关怀，简单而有进取精神，这是益生温暖又积极向上的里子，这个里子造就了专业性强、稳定性高、富有凝聚力的益生团队。

益生的另一层里子是，始终把“责任”视为生命。首先，企业对员工负责，通过增加福利，关心、关爱、关注员工，解决员工的后顾之忧，使员工体会到如家的温暖；针对房价高涨的问题，益生出台了员工买房借款的福利性政策，使一大批员工及时实现了在烟台“有家”的梦，解决了他们的后顾之忧，也增加了他们的归属感；为减轻公司经济困难伤病职工的医疗负担，公司2009年组织成立了“博爱基金会”，对需要关怀的员工及时伸出援助之手……

益生对员工有情，员工对益生有义，这就是益生里子的根基所在。

益生的里子实在太厚，厚到益生的面子远远跟不上。

领导层是公而忘私、行动力强、诚实守信的领导层；员工是心怀感激的员工，是斗志昂扬的员工，脚踏实地，以干事为宗旨；公司理想远大，重视人才，不断有顶尖人才慕名而来，团队实力越来越雄厚……

合作共赢

在益生股份的企业文化体系中，“合作共赢”是一个重要理念。

的确，自成立以来，它一直坚持“为社会创造价值，为用户带来利益；为公司创造利润，为股东带来财富；为员工创造快乐，为家庭带来幸福”的方针，在追求企业自身发展的同时，还积极采取各项措施，促进本行业的进步，带动农业经济的发展，为国家增加巨大经济效益。

白羽肉鸡行业熟悉曹积生的人都知道，他是一个敢做敢当、性情直爽者，也是一个有情有义者。他的办公室有这样一幅条幅——感恩中国。这是他专门请人写的，他说益生能有今天，“靠大政府、靠大社会、靠大市场”，得感谢政府的扶持，感谢社会各界的帮助，感谢那些和他一起摸爬滚打艰苦创业的老战友，也感谢每一个加入益生的新生力量，更要感谢这个给予益生机遇的伟大时代和国家，他因此总是时时提醒自己不忘感恩。

“人最大的敌人不是别人，而是自己，企业也是一样。只有不断地超越自我，才能品赢天下。”益生之所以能品赢天下，其原动力来自企业所有员工上下一心、精诚合作的团队精神。而这种团队精神的形成，是因为益生有一种公平与分享的企业文化。

早在 1998 年，山东农业大学的毕业生巩新民（现任副总裁）和两个同学到益生实习。一个月后，他的两个同学都选择离开，他们跟巩新民说：“你看见门口那座雕塑了吗？益生的老板就像一个一毛不拔的铁公鸡，在这儿你什么也别想得到。”但年轻的巩新民却依然选择留在刚刚起步的益生，因为他看到了益生可贵的一面。“虽然当时益生的条件并不好，但是员工那种积极向上的拼劲儿让我觉得非常有希望，同时我也深深地感觉到一股正气，真的是能者上庸者下。”

在益生，员工能得到公平的对待，能分享企业发展的成果，这激发了员工们的凝聚力和战斗力，而且也吸引越来越多的人加盟益生。在曹积生的心中，团队才是益生最宝贵的财富，他说：“我们的团队是创造奇迹的团队，过去创造了奇迹，今后会创造更大的奇迹。”

很多益生初创时就在益生工作的第一代员工，如今都还在这儿，他们说，他们和后来的许许多多益生人一样舍不得益生，因为益生给了他们家一样的温暖。公司办公室原主任孙忠才说：“我虽然退休了，但我希望益生的路越走越远、越走越宽。”

许多人在这里成了家、立了业，生了孩子，成就了事业。益生股份就是他们不折不扣的家。

2015 年 1 月，董事会办公室员工翟患恶性肿瘤，需要进行化疗，是益生股份爱心救助基金会及时给他送来了欠缺的化疗费用。他说：“公司第一时间送来了治疗费用，并给予我问候和关心，真的很感动！公司把员工当成自己的亲人，我们也一定把益生股份当成自己的家。”

益生刚成立那些年，几乎每个员工的家都留下过曹积生的脚印。

每逢过年，他都要给每个员工家送年货。不管是谁过生日，他也同样要送去一份祝福。他是希望，把益生打造成一个大家庭。现在益生大了，人也多了，他不可能给每一个员工过生日了，但家的感觉却依然是那么坚实和温暖。

对员工这样，对客户呢？一句话，“诚信益生，良种益生”，这是益生人的承诺。

益生股份着眼全球，甄选国际良种，与国外种禽企业建立了长期良好的合作关系，通过走出去引进来及科技攻关的方式，把国际良种引进培育成能适应中国养殖实际的优良品种。通过产业链的延伸，益生股份与下游养殖户建立长期的合作关系，为其提供了可靠的良种产品保证，从而提高我国畜牧业生产的整体生产水平，降低养殖户生产成本，进而带动农业经济的发展。

还有，对待广大股民，益生股份一直重视投资者关系管理工作。公司上市后，指定董事会秘书为投资者关系管理负责人，组织实施投资者关系的日常管理工作，接待股东和投资者的来访、咨询。每一年的日常工作中，公司通过年度报告网上说明会、接待投资者现场调研以及接听投资者问询电话等方式，加强与投资者的沟通。

铁肩担道义

在益生股份发展过程中，履行企业社会责任始终是公司经营发展战略中重要的一环。益生股份秉承“精益求精，生生不息”的履责理念，传承优良传统、创新发展、积极探索，致力于环境保护与社会和谐的建设，在合规经营、科技创新、关爱员工、环境保护、精准扶贫、公益慈善等活动中做出了自己的贡献。多年来企业公益力不断创新提升，并将社会责任与公司发展有机融合，既确保企业实现可持续发展，又彰显了一个行业龙头企业的态度和胸襟。

首先是合规经营，率先垂范。

益生股份严格遵守《公司法》《证券法》《上市公司治理准则》等法律法规，进一步完善治理结构，形成了股东大会、董事会、监事会与管理层权责分明、各司其职、有效制衡、科学决策、协调运作的公司治理结构，确保公司的规范运作，切实保障股东和债券人的合法权益。

其次是科技创新，引领当先。

益生股份牵头承担了国家十三五重点研发计划“畜禽重大疫病防控与高效安全养殖综合技术研发”重点专项“优质肉鸡高效安全养殖技术应用与示范”项目。三十年专注畜禽良种的引进、应用和开发，包括种源供应、生产性能提升、疾病净化防控和模式试验，并多年占有国内市场超过三分之一的份额。这既是一种优势，益生也因此承担着巨大的社会责任，因为要对行业起到带动、示范和推动作用。

这个项目包含了 26 家科研机构、高校和龙头企业，每年能覆盖白羽肉鸡近 15 亿只，对整个白羽肉鸡行业起到至关重要的作用。曹积生表示，益生股份承担着整合、组织科研院校和龙头企业来完成国家重点研发计划的任务，是利国利民的大好事。益生股份将全力以赴，彻底、全面落实和完成各项任务，回报社会，让广大消费者受益。

第三，关爱员工，以人为本。

在企业发展的同时，让员工共享企业发展成果，着力解决员工的实际困难，提升员工满意度。

长期以来，益生股份在发展的过程中，始终把对员工的责任视为一项重要的使命。曹积生强调，要对员工负责，通过增加福利，关心、关爱、关注员工，使员工体会到如家的温暖，这是做企业的最基本责任。他认为，对员工负责，其实也是对企业负责，员工满意度增加了，无形之中就会增加他们的稳定性及工作的积极性，势必会给企业创造更大的效益，公司不断发展，实力不断增强，又以感恩的心去回报社会，对社会负责。

与此同时，益生股份非常重视员工培训，人力资源部每年结合企业发展战略、岗位要求、企业文化及个人职业发展路径，会同各业务部门分析、研究培训需求，充分利用各种资源，制定针对性强、专业性高的培训计划，包括但不限于：企业文化、岗位操作技能、专业技术、经营管理等方面。报告期内，各部门严格执行年初制定的培训计划，并根据工作过程中遇到的问题或困难，及时展开专题培训。通过培训，员工整体职业素质、专业技能提高，实现了自身职业能力提升和公司可持续发展的共赢。

2012 年，益生股份又成立了“益生干部管理学院”，学院由公司高层领导担任讲师，毫无保留地把他们的管理经验、专业知识及文化理念传达给员工，使企业文化得以传承，经验得以传递，员工的知识与素养都得以增加与提升。

同年，为满足公司发展所需求的专业型、实干型人才，益生股份与山东畜牧职业学院签订校企合作协议，成立益生班。2017 年底，成立益生农牧科技学院，校企合作更加紧密，采用现代学徒制教学模式，产教融合，工学结合，知行合一，为行业培养实干型畜牧人才。

第四，公益慈善，承载希望。

自 1994 年，益生股份在刚刚成立、资金极度匮乏的时候，也一直坚持在山东农业大学设立奖学金，并先后为莱阳农学院、山东农业大学、青岛农业大学、青海大学农牧学院、中国农业大学等校的贫困学生设立贫困生助学金、特困生助学金和助学基金，每年资助上百名贫困学生。多年来，益生股份已出资数百万元，资助数千名贫困大学生完成学业。

曹积生出资注册并联合其他爱心人士成立了“山东省普觉公益基金会”。他的理念是，企业的发展来自社会，企业做到一定程度一定要反哺社会，一定要诚心求善事、求好事。“益生，不做假！利众是我最大的愿景。”

益生股份先后出资为养殖场周边多个乡镇进行道路、电路和自来水管道改造，受到社会广泛赞誉。2008 年，向汶川地震灾区捐款累计 151 万元；2010 年，向玉树、舟曲灾区伸出援助之手，累计捐款 70 余万元。

2014 年，云南省鲁甸县发生了 6.5 级地震，益生股份全体员工踊跃捐款，再次伸出友爱之手。

第五，促进环保，提升发展。

近年来，我国环境污染日益严峻，政府生态环境保护的力度日益加大。益生股份采用畜产品管理追溯、畜牧生态环境智能监测等新型技术，为“智慧畜牧”总体建设打好基础。益生股份属于畜牧行业的上游企业，自动化、信息化养殖程度也处于上游，他们采用先进的设备——水线、料线、正／负压通风、红外线断喙等自动化进口设备，养优秀的种鸡——

哈伯德、罗斯、伊莎粉、伊莎褐，另有信息化运营绩效管理系统作为辅助，优化数据库，为社会提供优秀的产品，在生产经营中持续开展节能减排工作，废料废物封闭式处理，实现了最大程度的环保。

心有大信

再往深处说，曹积生是一个心有信仰的人，益生股份也是一个怀有信仰的企业。

“这么多年我们一路走过来，经历许多坎坷，感触最深的还是要坚定自己的信念，做正确的事情，并坚定不移地做下去。这个行业走过来很不容易，过去有那么多对行业几乎是‘灭顶之灾’的事件，很多人有迷茫，没有坚持下去。但我一直坚信，鸡肉是好产品，养鸡是对人民有利的事情，误解只是一时的，不管如何，一定要坚持下去。”2003 年的益生股份在行业内还是一个小公司，就因为有这样一种信仰，因为勇于坚持敢于坚持，并以良好的信誉赢得了合作伙伴的支持，益生股份成为如今的行业标杆。

“对于行业的后来者，我依旧建议，首先要选择合适的方向，比如是否社会刚需的行业、有潜力的领域。选好后对所做的事情要有信心，遇到特殊事件，心态要积极、稳定，在别人不敢做、疑惑的时候，要有胆识、有魄力地坚持做下去。”

每个知名品牌的背后都有一段为人传唱的故事，或是悲壮，或是凄美，或是甜蜜；每一家伟大的企业都有着非常鲜明的价值主张，慢慢地，这种主张转化为信仰，这种信仰统帅着数以万计的员工，也是企业迸发出惊人力量的源泉。像曹积生和益生股份这样，“我对行业有信心，我对团队有信心，我对我自己有信心”，这实际上就是靠信仰的力量不断前行的一种有力体现。

信仰会给企业带来力量，这是企业使命之上更高的精神力量。阿里巴巴创始人马云说：“做企业和做人一样，一定要有信仰。”华为掌舵人任正非说：“我信仰我们的国家，中国一定会先崛起。”但凡伟大的企业，能抓住时代机遇或在变幻莫测的商业浪潮中砥砺前行的企业，都是有坚定信仰的企业。

这种坚定信仰，并不是抽象的，集中体现于益生股份的企业文化。在曹积生看来，益生的企业文化，就是创业、生存、发展的集体意识形态和行为准则的总和。在过程中，表现为不同的发展阶段性，首先是初级制度的制定；其次是初级制度的优化调整；第三是优化的制度成为公认的固有制度；第四是固有制度成为大家的习惯；第五是习惯成自然。

这种在每个员工身上表现出来的共有思维定式，就是益生文化。曹积生对此深有体会，文化是相对稳定的思维定式，其形成是一个过程，其本身也是一个不断优化固定的过程。

在创建之初，所表现出来的是一种“肯干、敢干、能干，肯搏、敢搏、能搏”的文化。目前“肯干、敢干、能干，肯搏、敢搏、能搏”的精神已经作为优化的制度，成为益生人固有的思维概念。在发展过程中，面对瞬息万变的商机，益生股份决策层雷厉风行，各部门反应迅速，决策执行快捷，基层反馈渠道通畅，这种务实快捷的行为方式是益生文化的一个重要特点。同时，节约也是益生股份的一项长期战略。要想在保证品质的情况下降低成本，就必须把节约的概念和行动，深入到生产、管理和科研的每一个角落。换一句话说，保证品质基础上的生产和管理成本节约，就是生产力水平的提高。

拼搏、敬业和节约等强势文化之所以能在益生股份扎根，与其构建的一系列有效奖惩制度和构建企业文化措施的保障有重要关系。在人才选用上，严格进行能者上，庸者下的管理；对优秀大学生发行干股激励；在生产管理中提出合理化建议者实行重奖；定期对员工进行培训、组织学习交流；重一线，顾后勤；领导以身作则等一系列体现在管理各个方面的细节，激发着员工的主动性与岗位思索，强化了公司部门之间的无间合作，有效固化了益生文化的优越性。

曹积生说：“我们的动力源自我们的责任感。我们从事畜牧行业就要对畜牧行业的繁荣发展负责，这同时也是对整个社会负责，因为只有社会整体发展，社会需求增加，企业的昌盛繁荣才会持久。企业文化在益生股份未来发展领域的引导，使我们关于发展的认识简单而深刻：先强后大，固本拓外。只有完善身边的每一个细节管理，才能成就益生的恒久品质。”

这就将企业的“信仰”永远“固化”了下来。正是这种先进理念和无比坚定的信仰，指引益生股份走向了成功。

破局思维

真正的高手都有破局思维。

有时候，我们真的已经很努力了，但走着走着就无比迷茫，不知道方向在何处，不知道前路在哪里，生活波澜不惊地往前走，看不到有任何实质性改变的迹象，就觉得陷入一种人生无解的怪圈，在那个困局中怎么都摆不脱——不确定自己的努力是不是有效，不知道自己微弱的改变能不能持续。

但益生不一样，或者说，曹积生不一样。

自出道之日起，益生好像一直都站在一个很高的思维层次上，所有的难题都不像是难题，机会一到，自会迎刃而解。

益生的思维跟一般企业的确不在一个层次上。

“家财万贯，带毛的不算。”这句俗语，说明养殖业是个高风险的行业，很容易遭遇各种危机，有时候是灭顶之灾。天灾赶上了，鸡周期的小年来了，咋办？如果就事论事，困境之外还是困境，真的是无解，眼见着死翘翘，你根本就解救不了！神仙来了都不能起死复生。

人越只顾眼前就越不能从困境中解脱出来——很多抑郁症患者就是因为沉迷当下无法自拔，很多时候我们遇到的坎儿在其时的思维层次上根本就迈不过去，而且很容易陷入绝境，让人感到无能为力、精疲力竭。

这里面最大的问题就是缺少一个时间维度——眼睛只盯在当下，没有把时间拉长，没有从更长远的时间维度去思考与指导当下。

困局不困，益生之所以能从一个个行业困局中脱颖而出，没有被一个又一个行业灭顶之灾打翻在地，就在于益生的眼光盯得很远，一直往前看。

1998 年世界性经济危机，全球经济一片萧条，国内养鸡行业陷入困顿，鸡养好后出不了国门，利润保证不了，许多祖代鸡养殖场关门大吉或减少进口、减少出货量。经济不好是大势，鸡周期之小年一时半会儿也不是谁能扭转的，没人知道这种局面可能维持多久，从眼前出发，最好的办法就是止损。

益生不是。益生站到一个更高的层次上去应对危机，在一个更长的时间维度中，即至少从几个鸡周期中去思考问题——鸡周期小年有多艰难，小年过后，大年就有多疯狂。想通这些，益生在危机来临之前就开始“高筑墙、广积粮”，为迎接即将到来的行业“苦日子”做准备，为未来危中抢机准备好足够的人力、物力、财力。

因此，每一次危机到来，益生都能逆势而行，见风而长，赚得盆满钵满。

2003 年非典，加之随后连续多年的禽流感，把整个养鸡行业推到了崩溃的边缘，行业信心基本丧失，很多人赶紧割肉甩卖逃出生天。益生依然反其道而行之，集资狂进，用时间打破眼前困局，禽流感之后一举成为亚洲最大的祖代鸡公司，在行业内的影响力如日中天。

破局之日即是益生大成之时。

如今，一个更大的局等待着益生去打破——在曾祖代鸡的养殖上寻求突破，以确保国内养殖业的种源安全。向种源公司进军破的即是眼前祖代鸡进口不足的局，也是长远养鸡业受制于人的局。很明显，这样的破局思维很容易把益生带到更高的高位与更远的远方。

破局思维并不是人人都能理解的。

因为缺乏破局思维，许多聪明的学子只顾眼前，在益生转了一圈儿之后就脚底抹油溜之大吉，跑到更大的公司发展去了，以图拿到更高的工资，享受到更好的待遇。这当然无可厚非，谁不想拿到高额回报，早点儿实现财务自由？但是，因为急功近利，他们反而错过了早日实现财务自由的机会——当年那些留下来的同学们拥有了益生的原始股与激励股，而他们还在为赎买自由而奔忙。

留下来的都是看中益生长远发展的，从一定意义上说，跟益生一样也拥有破局思维。

第五章

本色曹积生

无我做人　用心做事

在益生股份，几乎每个人心里都刻着八个字：无我做人，用心做事。

这是董事长曹积生对益生人的期待，也是他创建益生以来最真实的自我写照。

他把益生当成了自己的生命。

草创时期，一穷二白。没鸡舍，连鸡舍的地儿也没协调好；饲养员是借来的，更别说技术员了；员工多半是外贸食品公司“扔”过来的，不仅不做事，还净给曹积生惹事；七拼八凑组建起的创业队伍到了现场连饮用水都没有，只能喝沉淀后的夹河水，很多时候是伴着泥沙下肚……那时，只有那么个二层小楼。

曹积生不怕，事再难他都不怕。他怕的是没事做，怕的是自己在办公室里一杯茶一张报一点点地消耗时光。

要做事，先得把里里外外的人捋顺。他拎上酒，把自己豁出去跟社会人打成一片，理顺周边关系，解决鸡舍用地；再把内部“害群之马”连打带骂清理出去，顾不上一些人的脸面，也顾不上别人的记恨，反正，谁伤及他的“生命”，谁祸害大家吃饭的依靠，他就跟谁过不去。

没有技术员，他曹积生四处去找去请；没有鸡舍，他领着大家自己动手建；鸡苗来了，他像对待自己的孩子一样视为掌上明珠，而实际上他对待自己的孩子也没那么上心；为了照顾那些远道而来的鸡苗，他一星期一星期地住在鸡舍里……他的心思全在鸡上，在饲养鸡的人上，在做好益生上，唯独忘了自己。

在一路的摸索中，在经历过数次磨难后，第一批“鸡公主”要“出阁”了，但之前说好的包销售的外贸食品公司却反悔了！销售必须靠益生自己来做！

带着益生上市，也是因为曹积生心里装的是员工，装的是益生的未来。

很多条件比益生好的企业，老板就是咬定一个不上市。原因无他，上市太麻烦，不管上得了上不了，老板都得脱一层皮，而且因为要规范很多东西，上了市企业受到的监管会很多，老板花钱就不那么自由了，任何暗箱操作都可能让企业及其老板自身陷入万劫不复的深渊；更重要的是，上市准备是一个马拉松式的漫长过程，需要花费大量的人力、物力、财力，搞不好会竹篮打水一场空，陪太子读书读了几年，到头来“人财两空”，企业反而可能被生生拖死。

花大把的真金白银，干一件对老板自己未必有好处却可能让他陷入绝境的事，从自身考虑，选择不上市也可以理解，毕竟有不少企业都是死在 IPO 的路上。而且说句实话，上不上市，老板一样有钱花。上市成功，老板的身价会高一些，但那实用性并不大，他根本花不了那么多钱。钱少不少花，钱多不多花。一旦上市失败，最惨的只怕还是老板，弄不好自己会身败名裂，公司则灰飞烟灭。这也是为什么很多老板不愿意接这个茬儿。

但曹积生接！

曹积生知道上市的好处！

对于益生的未来，对于在益生兢兢业业干事的员工来说，上市都是一个天大的利好。有人说，益生的收益一直都很好，属于银行天天跟在后面追捧的角儿，干吗劳神费力去找不自在？

曹积生就是要找这个不自在！

难不难？很难！一家自由生长的民营企业想要往上市公司的路上走的确不易，但再难，咬着牙也要走。为益生能与世界接轨将来走得更好，为员工寻找一条光明的路，为那些多年来跟随自己一直打拼的人，他老曹必须往前冲。

所有的重担都压在他一个人身上，一大堆麻烦事都在前面等着他，而随后的异乎寻常的经历与波折足以让人崩溃。上不上，上快与上慢，所有的事都得他最后拿主意，那种压力，甚至连副董事长、总裁、副总裁都很难体会。别的任何人做事，无非是做好做坏的问题，而他是做死做活的问题——重任在肩，不可不慎啊。

过会成功后，参与过会的员工如释重负，喜极而泣。曹积生抢过财务总监收拾好的材料，一手提一兜，顾不上沉，出了门大踏步往前走，所有的压力直到这一刻才卸了下来。

上市了！益生员工的待遇一下子提高了：很多人都有原始股了，自此拥有了这一辈子都花不完的钱，生活质量直线提升了……曾经的苦与累都化作对曹积生最好的回报。

在曹积生的心里，益生的生死远比他个人的更重要。

益生的决策优势来自曹积生与他的两位大学同学组成的“三人团”。三个人都是 20 世纪 80 年代初的大本毕业生，眼光与学识在行业里都是佼佼者，很难有能与之匹敌者。三个人配合一直很默契：曹积生主外，负责外部环境的打造，多与政府部门、金融部门打交道；迟汉东把精力主要放在生产销售上；耿培梁更多的是管好内务，做好公司内部的协调工作，做“大内总管”，为各条线做好服务。大的决策基本上都是三个人统一意见再去实施，意见相左时，彼此耐心解释，大家各自陈述自己的理由，说清楚之后很容易达成一致。

这么多年，“三人团”从来都没有红过脸，益生一直平稳向前。

三个人，耿培梁年长，迟汉东其次，曹积生最小。曹积生待二人如兄长，尊敬有加。曹积生是有名的“大炮”，脾气点火就着，看不惯的事张口就骂——但骂归骂，拿曹积生自己的话说，他这人心挺好，脑子坏，发完火了，一会儿就忘了，从来不会记仇的，所以脑子有点问题。

但他对迟、耿二人从不爆粗口，意见不一时，尽量聚在一起探讨，做与不做，最终都会意见统一。

有时候，曹积生的脾气上来了也会急，迟、耿二人性子缓，见不是个头，就不再言语，事先搁那儿，大家该干吗干吗去，等冷静了再说。

每到年关，曹积生想起来就会给两位老搭档发信息说，你们俩又包容了我一年，又包容了我一年。

是赔罪，也是敬重。

曹积生在这件事上想得很明白，两位老哥包容，自己也真没私心，就是做事一直很正，不正的话，两人再能包容，包容一时，也包容不了一世，包容不了半生。作为“班长”，班子真出了问题就是他曹积生的问题，和他俩没关系。

三个人搁伙计，不容易，正是出于公心，三个人才顺顺利利走下去，益生才一步一个脚印拾级而上，越走越好，越走劲头越足。

2019 年 3 月 22 日，习近平总书记在意大利会见众议长菲科时说：“这么大一个国家，责任非常重、工作非常艰巨。我将无我，不负人民。我愿意做到一个‘无我’的状态，为中国的发展奉献自己。”

“无我”是忘我，是随时牺牲一切为了人民，全心全意为人民服务的宝贵精神，表达了对人民的深厚情意。

“无我”是一种境界，也是成就“大我”的动力源。

无我做人，用心做事，是曹积生的大境界，成就的也是一个“大我”。曹积生不仅把它内化到自己的生命中，也正努力将其内化到益生的肌体中、思想中。

胆大如斗

“胆大如斗”一词出自《三国志·蜀志·姜维传》：“维妻子皆伏诛。”

裴松之注引《世语》：“维死时见剖，胆如斗大。”

我们不知道曹积生的身体里是不是真的长了一个像姜维一样斗大的胆，但他的胆大在“鸡世界”里是出了名的。不仅有胆，还有识。

天不怕地不怕，没养过鸡，更没养过进口的种鸡，周边还没个行家，没地没鸡舍，他硬是敢把活儿接下来。放着大好前程不要，跑到前途未卜的地儿去冒险，任谁都觉得这曹积生胆儿太肥。

益生成长史上几个大幅度的跨越都得益于曹积生的胆识。

1996 年，发展势头迅猛的益生以很低的价格把处于倒闭状态的中粮合资公司的养鸡场租了过来，这在益生的发展史上具有里程碑的意义。因为该养殖场地盘足足是益生的 10 倍，自此益生的养殖量发生了根本性的变化，在行业内的影响力开始凸显出来。1997 年改制，益生人的产销积极性一下子被释放了出来。第二年益生的量产达到一个峰值，又大大上了一个台阶。

1998 年，世界经济危机爆发，加之日本药残事件的影响，肉鸡的出口门路一下子被堵死了。国内养殖户又普遍削减养殖量，前端的祖代鸡养殖企业也不敢再从美国进口鸡苗了，定好的鸡苗，宁愿违约也不敢往回接。

市场萎靡，同行畏葸，同事担忧，但曹积生硬是从中看到了益生跨越发展千载难逢的机会。顶着所有的压力一口气租了三四个养鸡场，摆明了要逆流而上，大干一场。也就在此时，美国公司打来电话，说国内有家公司毁约，鸡苗已在来中国的路上，问益生要不要，货款可以缓一段时间再付。

曹积生一听大喜，正想打瞌睡呢，来了个卖枕头的，而且这枕头你可以睡罢再给钱，哪有这么好的事。赶紧连夜全面改造鸡场，把人家不要的鸡全接下来了。

曹积生的“宝”押对了。

他看得很准。形势不好，一干人等都在观望，不敢上，想看明白是怎么回事。但曹积生说：“你可以观望，但鸡可不是别的东西，不是加加班就能加出来的，必须是进了鸡以后养大了才能产蛋，产了蛋才能孵化父母代，孵化商品代，现在不养，周期就错过了，等你再养，市场就又变了。”

要不说曹积生有胆有识呢，这一仗他打得实在漂亮——益生一跃成为国内最大的祖代鸡养殖公司，1998 年底、1999 年一整年益生挣了老鼻子钱——1997 年还是 145 万元的股本，1998 年、1999 年每年的净收益就是大几百万，财务人员说：“钱进来哗哗哗的，跟水流一样，天天都听得见响儿。”

2003 年，养殖业遇上了大坎儿！

那一年，本来就不景气，“非典”的爆发更让整个行业雪上加霜。

那时候，从城市到乡村，人人都如临大敌。别说运输鸡苗了，人出行都受到种种限制：处处设防，人人自危！鸡苗的销售变得异常艰难，大多数养鸡户都在观望，有继续养殖意愿的人很少。

很多同行都坚持不下去了，都在瘦身准备冬眠甚至撤资保命，而曹积生又一反常态逆势而上，大把大把往祖代鸡上砸钱，把光景好那几年挣的钱，全撒在了扩大再生产上。

这时候的曹积生在同行眼里不是一个失去理智的疯子，就是一个见事迟的傻子。

屋漏偏逢连阴雨，2004 年到 2006 年，又是连续三年的禽流感，行业里的人几乎看不到任何希望。原来还抱着观望态度的人一看，这行业是真的完了——割肉的割肉，逃命的逃命，跳楼的跳楼，上演的全都是悲惨的故事，留下的是一个接着一个失败的背影。

要不说曹积生的胆儿肥呢!

他倒好，一面大规模地改造鸡场，把学校的教室、部队的厂房都租过来改造成鸡舍，更夸张的是，还把飞机场的修理库租过来，安上风机也变成了养鸡场，同时还四处到金融机构找钱，大举进口祖代鸡苗。

因陋就简，短平快，他把能抢到手的一并抓了过来。

曹积生的神操作让很多人瞠目结舌。员工们尽管对老板很信任，但私下里也觉得“老曹的脑袋是不是被牛踢了”，“养了那么多年牛，没准真留下了什么后遗症，不然，咋能这样玩呢？”

当时大多数人想的是保命，是收缩冬眠，是逃命，当然也有跟益生一样的有识之士，看准了未来的大赚机会，但是因为储备不足、资金跟不上，也就没能捕捉住风口。

当年泰安农业局下属的一家种鸡场跟益生一样认准这一时机，跟益生几乎同时打算把进口祖代鸡的数量从 1.5 万套增至 3 万套。但是因为那家企业拿的是汇票，老外不愿意给他鸡苗，最终那批货都被益生收入囊中。

那时候，益生抢鸡苗抢得太急，抢得太多，超出了预算。但是，益生的种鸡场还没填满，还得上鸡呀，怎么办?

曹积生给美国公司的中国区负责人发去一份传真，请求买一批祖代鸡苗，钱嘛，以老曹的个人信誉做担保，半年后给。没想到，传真发过去，鸡苗真的就发过来了。

禽流感流行那几年，养殖户对行业很绝望，社会上更是谈鸡色变，很多人不再敢吃鸡肉，顺便连鸡蛋都不敢吃了，肉鸡在市场上根本就销不动。一边是销售陷入绝境，一边是大规模进口祖代鸡拼命增加产能，曹积生的“疯狂”让很多人看不懂，也看得胆战心惊，直到成本两三元的商品鸡净利润都达到十元时，大家才明白，“老曹人家看的不是当下，而是下一个周期”，“人家冒的那不叫险，而是金灿灿的‘菜’，是大笔大笔的财富”，“‘曹大胆’不叫‘曹大胆’，叫‘曹有识’”。

益生创业以来最大的坎儿是2018年的股灾。

那场股灾差点就把一路平稳前行的益生打到地狱。

2018年初，A股一片哀鸿。

益生股份的情况很糟，股价“噗噗噗噗”往下落，市值大量缩水，股票从每股55元连续阴跌至10元，眼看就到了崩溃的边缘。

益生的基本面很好，却遭遇如此“做空”！

董事长曹积生跑到北京与几支基金谈，希望有人能为走势良好的益生托底，但有求无应。

年关在即，还没到平仓线，益生股份不允许停盘，只能心疼肉疼地看着股票一路跌下去。

一向自信满满的曹积生都有些蒙了。

1月15日是他心理上的一个极限，当天一直跌。如果第二天第三天再这么跌下去，益生股份就得崩盘，到时候什么都完了。

第二天一开盘，益生股份真就跌去了5%，眼看着就要崩盘了。

跌跌不休的益生股份到了平仓线，可以停盘了。

所有人都围着曹积生说：“还是停盘吧，停盘了还有机会，不停盘可能就真的什么都剩不下了。”

那一刻，曹积生下定决心，不停盘！只要不继续往下跌，不再跌个 5%，就算是熬过去了。一旦停盘，以后会更麻烦，停了以后再开盘，还得跌，补跌，那才真的完了。

这，又是一着险棋！挺过去，晴空万里；挺不过去，一切就都结束了，GAME OVER。

还好，脱缰的野马在悬崖边上硬生生地止住了脚，益生保住了！

一念天堂，一念地狱。这场赌，关乎生死，曹积生赢了，赢在对益生的自信，更赢在他过人的胆识。

他的胆识，也表现在对益生未来发展路径的选择上。

2016 年 11 月，益生从法国哈伯德进口的曾祖代鸡苗到场，标志着益生向种源领域又前进了一步。在益生的发展战略中，与国外大公司哈伯德合作搞白羽肉鸡最顶端的育种研究，以解决国内白羽肉鸡的种源问题，提高中国肉鸡的产能利用率是其未来业务很重要的一块。

纯种养育风险有多大，业内人士都懂，但收益也将会无法计算。

现在看，益生已经平稳上路。

曹积生把自己的命根压在白羽肉鸡上，对益生一边拼命做减法，一边强力做加法。减法是砍掉白羽肉鸡以外不赚钱的项目，把 SPF 鸡砍掉，把蛋鸡也砍掉；加法是在下游父母代上开始扩张，在现有 300 万套的基础上，根据发展形势需要，增加到 500 万套甚至 800 万套。还有一个加法是立足于种鸡，着眼于种猪，在全国布点，投入足够的人财物发展猪的顶端产业，即原种猪产业，确保国人第一肉类的源头安全。

种源企业不好做，但曹积生就是敢做，真有胆！

山东好汉

山东人在全国人民眼里一直都有个名号——“好汉”。

这不仅仅是因为一部《水浒》为山东好汉们立下了传记，把“好汉”一词加诸山东人身上。究其原因，还是山东人热情豪爽、性情耿直、诚信厚道，从不矫揉造作，做事有担当，多少有些草莽气概。

曹积生是个典型的“山东好汉”。

曹积生性情耿直，眼里揉不进沙子；为人厚道，敢打敢拚，一旦目标确定，雷打不动，一往无前；自制力强，以身作则，对自己的要求非常严；热情好客，与人交往诚信善良，有英雄底色……

企业文化，一定意义上说就是老板文化。

一个老板的格局、涵养、价值观直接体现在公司的文化和精神里面，老板与企业之间的这种对应关系在民营企业表现得尤其明显。

在行业里，益生跟其掌舵人曹积生一样是出了名的厚道。当年用进口孵化器孵出来的第一批鸡苗因为显示温度差异，造成客户有三分之一的鸡苗死亡，其实大部分客户不明所以，都以为是自己没养好造成的。但益生却主动找上门，一家一家给予了赔偿。

益生总是把最好的给客户。创业之初，四菜一汤的招待标准曾经让曹积生被人告到外贸食品——鸡还没孵出来就开始大吃大喝，简直不像话。曹积生不理这茬：客人大老远跑到烟台，山东人的待客之道是薄情到连口热饭也不让人吃？

对客户，益生大事小情都厚道。对内也不薄，益生员工的待遇好在行业内是出了名的，买不起房，公司借给你首付款；看不起病，公司有博爱基金；有上进心，公司会给每个人机会；愿意和益生共同成长，公司有股权激励……

因为曹积生的厚道，带出了一个厚道的益生团队，因为益生团队的厚道，带出了一个厚道的益生。2018 年股灾，当益生濒临绝境时，益生员工纷纷筹资购买自家的股票，曹积生对所有“下水”的员工承诺，带来的收益归个人，所有可能的损失都由他曹积生一人承担……

山东人喜欢在酒桌上谈生意。可能是因为山东好汉在酒桌表现出来的那种豪气，喝酒时的那份豪爽让人很难抵御。再难的事，上了酒桌，不消酒过三巡，菜过五味，喝爽了，所有事情基本都能搞得定。酒桌上喝好了那就是兄弟朋友了，生意没得说，下次见面还是喝喝喝。

当年为第一批鸡苗找销路时，哈尔滨一个客户听了信儿专门来到烟台，要看看益生怎么样，看看益生的鸡苗怎么样。曹积生心里想的是，不管人家买不买益生的鸡苗，人家奔着烟台来的，先得把人招待好。当时没钱吃大餐，只在食堂做了几个小菜，曹积生一对三，虽然把人家都喝倒了。但曹积生的爽快和实诚却让三个东北人觉得很踏实，双方不仅成了朋友，对方还成了益生的第一批客户。

要说喝酒、办事爽快，益生可不仅仅是曹积生自己。上上下下，特别是那些跑销售的，上了酒桌个个都是“山东好汉”。

2013 年，祖代种鸡年进口量创纪录地达到了 154 万套，祖代鸡供应量持续增加，与此同时，受 2012 年底“速生鸡”事件和 2013 年初“人感染 H7N9 流感”事件的影响，白羽肉鸡产业经历了相当长时间的低迷，产业内生出协调去产能的动力，并成立白羽肉鸡产业联盟予以主导，其结果是 2014 年全国祖代种鸡企业协同提前淘汰祖代产能 10%，全年祖代种鸡引种量控制在 120 万套以内。据博亚和讯统计：2014 年全国 15 家祖代种鸡企业合计进口祖代种鸡 119.3 万套，同比减少 23%。这其中益生做出的牺牲最大。曹积生认为只要是为了整个行业好，能保证整个白羽肉鸡行业的良性循环，益生做出这些牺牲不算什么。

2015 年底，美国家禽业发生高致病性的 H5N2 和 H5N8 两种亚型疫情。法国、波兰也接连发生疫情，祖代鸡引种通道被迫关闭。国内的祖代鸡百分之百靠引种。如果闭关半年以上，国内肉鸡产业链因种鸡的接续不上将遭受断供。这个断供的结果会从祖代鸡波及父母代、商品代直至屠宰场。也就是说在一年半以后屠宰场将会有一段时间没有鸡可宰，市场上包括快餐业都将会无鸡可供。这个道理行业内的人都懂。

2016 年底，益生大胆地引种哈伯德，进军曾祖代。这样就可以在国内繁育祖代鸡了，进而可以避免国际引种封闭状态下给产业链造成的中断风险，还可大大减少外来禽疾病的入侵，保护民族禽类产业健康有序发展，给未来国人的肉鸡消费上一道一劳永逸的保险。

逆流而上并不容易。益生这样的路径选择带有明显的英雄主义色彩。也许，山东好汉的另一个意义应该就是英雄吧，敢于把社会责任担在肩上。

情商　智商　胆商

第三届中国白羽肉鸡产业发展大会上，曹积生曾有一篇《智、情、胆——成功之必备》的演讲，对自己的奋斗之道做过系统阐述：

如何能在竞争激烈的市场中站稳脚跟，把企业做强做大？我认为，除了对外在客观因素的思考外，更多的还要从自身角度来考虑，因为企业是由“各种人”组成的。真正的成功之道就是情商、智商和胆商的高度统一。具体而言，就是：

第一，智商是成功的基础。没有智商只是傻干，成功的概率几乎为零。培养智商需要做到以下几点。

1. 做好现场管理。无论我们现代化程度多么高，现场管理是我们养殖业的一个重中之重。最基础的要从人为管理上升到制度化管理，而制度化管理必须要进行固化管理，然后再迅速地进行复制扩张。

2. 实现低成本扩张向高成本扩张转变。在20世纪80年代、90年代，甚至于2000年的时候，我们属于低成本的年代，但是从目前食品安全问题来说，白羽肉鸡行业必须是高成本、高产出。

3. 做到流程化管理。养鸡的整个过程，很难保证不遗漏、环节不出错误，所以要用流程进行固化。

4. 采取正确的培训方式。对于培训制度的建立，建议公司首先是总裁的培训，然后是高层的培训、主管培训，最后是国外的人员来进行培训。20 世纪 90 年代初的时候，我们请了很多国外的人员来进行培训，结果一阵风过去后，效果甚微。现在看来，“自家培训”能起到最佳效果。建议公司在培训过程中，一定要采取自培、互培、上级培训下级的这种方式。

5. 建立问题档案。建立问题档案是培养智商的一个重点。如果部门有了问题档案，就省去了交接的麻烦，只要看看历史上存在的问题，就可以确切、清楚地了解并杜绝下次的发生。

第二，情商是成功的催化剂。对情商的理解很简单，就是一个人的性格问题。一个好的性格，会让生活充满激情和幸福，会广交良友让你拥有广泛的人脉，提升品牌形象，进而促进成功。因此，情商的培养对成功很关键。

当然，古话说“江山易改，本性难移”，所以情商也是比较难改变和培养的，但这并不能否定其可塑性。培养情商，首先要以感恩为基础；然后换位思考，赞他嘲己，因为每个人都有被夸赞的优点，当然也有缺点，只是优点要指向对方，缺点发现给自己，夸别人的同时警醒自己，得人得己，何乐而不为？其次，做人要以低人一等为境界，以学生的态度对别人恭敬和尊重。最后，要上下、左右、内外的实在与诚信。

第三，胆商是成功的关键。如果具备了智商和情商，没有胆商，那也是白折腾一场。胆商即胆识，胆是敢即慧，识是能即知。胆商即智慧，某种程度上为灵感。这就要求在处事上，要当断即断，这是成功的关键；当断不断，前功尽弃，智商、情商将付诸东流。总之，敢干、能干、会干才会战无不胜。

百炼成钢

曹积生和益生股份的管理团队，笑到了最后。

这是企业家的成功，更是企业家精神的成功。我们可以设想，假如没有曹积生的率先垂范；假如没有曹积生和迟汉东、耿培梁三位老同学“三人同心”的创业合作精神；假如没有益生股份所有员工精诚团结、始终拼搏的工作劲头，益生股份走不到今天。

“企业家”这一概念由法国经济学家在1800年首次提出，即：企业家使经济资源的效率由低转高，“企业家精神”则是企业家特殊技能（包括精神和技巧）的集合。或者说，“企业家精神”是企业家组织建立和经营管理企业的综合才能的表述方式，它是一种重要而特殊的无形生产要素。而后，著名经济学家熊彼特、管理学家德鲁克等，对“企业家精神”都有更深层次的探索和阐释。

企业家、索尼公司创始人盛田昭夫和井深大，他们创造的最伟大的产品不是收录机，也不是栅条彩色显像管，而是索尼公司和它所代表的一切；沃尔特·迪斯尼最伟大的创造不是《木偶奇遇记》，也不是《白雪公主》，甚至不是迪斯尼乐园，而是沃尔特·迪斯尼公司及其使观众快乐的超凡能力；萨姆·沃尔顿最伟大的创造不是“持之以恒地天天平价”，而是沃尔玛公司——一个能够以最出色的方式把零售要领变成行动的组织。

企业家是经济生活的重要主体，企业家精神引领着行业的进步和发展。而且，企业家精神是非常稀缺的资源，具体包括诚信精神、创新精神、合作精神和敬业精神等许多精神元素。如果我们以此四点去比照曹积生和他的团队，可以发现，这些人身上无一不具备这些闪光的超人之处。

创新、专注、厚道、诚信、仁义，这是山东企业家固有的基因，也是山东大地商业领域内的宝贵财富。

当然，除此之外，曹积生和他的团队还有以下特点：突出的领导意识和审时度势的能力，能够根据商业、经济、社会、人的心理，乃至整个社会心理的变化把握企业发展趋势，带领企业走得更远、更稳健；几十年如一日坚持做同一件事，专注于“供种”领域，无论产品创新、工业创新，还是经营模式创新，都如钻头一样不停地去打“深井”。

曹积生有着强大的意志力和对苦难的忍耐力。他曾说：“困难最大的时候也就是禽流感期间，也正是禽流感成就了我。没有一个大的变化，就凸显不出一个人。在饭店连点儿鸡类菜品都没有，大家都以为吃鸡会被传染，所以不敢吃，2003 年到 2006 年是最困难的时期。没什么方式，只有坚持到底，才能成功。有胆量挺过这个风波，才能明白后面是什么，要是看不到后面，就看不到黎明。”

那时候，每一个养鸡场，连喂鸡的饲料都没有了，包括益生在内的很多企业资金接连断流，大部分企业的破产也都是资金断流使然。但益生股份凭借它强大的坚韧之心，撑了过来，然后，有了今天。

这期间还发生了“三聚氰胺”事件。该事件过去后，益生源乳业凭借其优质无防腐剂纯鲜奶受到越来越多的消费者青睐，已成为烟台人首选的奶源之一。

逆境，走出去就是成功，“要是看不到后面，就看不到黎明”。在曹积生看来，益生是搞实体经济的，每一步都要走踏实，而这种踏实，也就是一种社会责任，一种对全社会、对受众群体的负责之心。

企业家身上承担的还有责任。曹积生常说：“责任问题大过天。为企业负责，为员工负责，不仅从技能上培养，还要从做人上培养，如何做人，如何做事。以无我的方式做人——把自己的利益放到第二位，全身心投入去做事，进入角色去做事，而不是肤浅地做事。企业传承上的责任，是从硬件从软件上打造可传承企业。我们是搞实体的，首先是产品必须要好，没有质量保护的企业，做不长久。”

虽然在企业经营上取得巨大成绩，但曹积生对自己的成功有着清醒认识：“成功是最起码为大众做点事。

“怎样是成功？成功就是有多少钱，做多大的官？更健康更快乐才是一种成功。自己做自己喜欢做的事情，就是成功。我认为的成功是最起码能为社会大众做点事情，实现人生价值。利众的价值，做久比做大更重要。

“干企业，不管干什么，都不是一帆风顺的。没有困难是假的，只有困难也是假的，最难的时候要想最好的时候。不想明天不可能，不总结昨天也不可能，但是活在当下最重要。”

他说，作为企业家，最重要的行善，是“按照良心办事，生产的产品要利国利民，有利众生，利于消费者，坚决不作假”。

这就有点百炼成钢的味道了。